Männergeschichten

Anthologie

„Der Mann steht im Mittelpunkt und somit auch im Wege."

Pablo Neruda

Für meine Freunde im Gleichart-Café.

Schön, dass es Euch gibt.

Torsten Ideus

Männergeschichten

Anthologie

Geschichten voller Testosteron

Auch wenn diese Anthologie größtenteils in einer realen Kulisse angesiedelt ist, sind die Handlung und die Personen frei erfunden. Ähnlichkeiten mit lebenden Personen und Organisationen wären rein zufällig und nicht beabsichtigt.

Bibliografische Information der Deutschen Nationalbibliothek:
Die Deutsche Nationalbibliothek verzeichnet diese Publikation in der Deutschen Nationalbibliografie; detaillierte bibliografische Daten sind im Internet über http://dnb.dnb.de abrufbar.

© 2016 Torsten Ideus

Herstellung und Verlag: BoD – Books on Demand, Norderstedt

ISBN: 978-3-741265-37-2

Inhaltsverzeichnis

Im Bann des Jaguars   7-91

Das Gayromeo-Prinzip   92-99

Der letzte Fahrgast   100-107

Der Ghostwriter   108-120

Im kalten Wasser   121-129

The meeting of two queens   130-137

Zu viele Gedanken   138-146

Das Ende einer Nacht   147-150

Bewusst bewusstlos	**151-163**
Der Chatlog	**164-172**
Ein verhängnisvoller Abend	**173-180**
Eine einfache Frage	**181-190**
Kein Zurück	**191-196**
Melinda	**197-206**
Sonnenuntergang 2045	**207-211**
Träume verblassen nicht	**212-216**

Im Bann des Jaguars

Ohne Mei Jing wäre ich heute nicht der, der ich bin. Er war mein Lehrer und hat mir beigebracht zu überleben. Als ich auf dieser Insel landete, dachte ich noch an einen Glücksfall. Der Sturm hatte uns auf der Yacht überrascht und nach deren Sinken war ich der einzige, der es geschafft hatte. Mein Freund und mein Vater blieben im Meer zurück.

Doch mir blieb keine Zeit zum Trauern. Kraftlos und hungrig schleppte ich mich über die Felsen, als ich ein Zischen vernahm. Es blieb keine Zeit zum Ausweichen, der Pfeil bohrte sich in meine rechte Schulter und der Schmerz trieb mich zu Boden.

Ich blieb nicht lange dort liegen. Jemand packte meinen linken Fuß und zerrte mich ins Innere des Dschungels. Die aus mir herausblitzende Pfeilspitze rieb stoßweise über den Boden und trieb mir die Tränen in die Augen.

Ich versuchte, mich loszureißen, aber damit wurde der Griff nur fester. Plötzlich stoppten wir. In meinem schmerzlichen Delirium hatte ich nicht gemerkt, wie es über mir dunkler wurde. Erst nach und nach begriff ich, dass es eine Art Höhle war, in der wir uns befanden. Ein kleines Feuer erhellte den Raum und zum ersten Mal sah ich ihn. Er saß an einem kleinen Tisch und verrührte etwas in einer Kokosnusshälfte. Das lange schwarze Haar war zu einem Pferdeschwanz gebunden. Der muskulöse Oberkörper glänzte im Schein des Feuers. Er trug eine abgeschnittene khakifarbene Hose, die seine sehnigen und mit feinen Narben übersäten Waden freigab. Seine Schuhe waren noch recht neu, was mich wunderte.

Mit einem Mal schaute er zu mir herüber und ich sah sein Gesicht. Von der Sonne gebräunt und vom Wetter gegerbt, war es relativ jung und markant. Große schwarze Augen starrten mich an: „Du bist wach. Das ist gut. Du bist bist stärker als ich dachte. Diese Salbe wird brennen, aber helfen." Mit der Tinktur kam er zu mir und kniete sich neben mich. Er nahm das Tuch von meiner Schulter und erst jetzt sah ich, dass der Pfeil fehlte. Wann hatte er ihn herausgezogen? War ich länger ohnmächtig gewesen, als ich dachte?

Mit den Fingern schmierte er die übelriechende

Masse auf meine Wunde. Er hatte nicht übertrieben. Es fühlte sich an, als ob sich Insekten durch mein Fleisch fressen würden. „Das besteht zum Großteil aus dem Sekret einer hiesigen Käferart, die ihre Nahrung in etwas ähnliches wie Antibiotika umwandelt", gab er zur Erklärung an.

Ich versuchte, eine Frage zu formulieren, aber mein trockener Mund gab nur ein Stöhnen von sich. „Warum ich auf dich geschossen habe?", fragte er, als hätte er meine Gedanken gelesen. „Um dich zu beschützen. Wenn *die* dich in die Finger bekommen hätten, wärst du jetzt tot. Falls *sie* gnädig mit dir gewesen wären." Ich versuchte es erneut, brachte aber nur ein „Wer?" heraus.

Er lachte mit tiefer kehliger Stimme: „Wer *die* sind? Das erzähle ich dir lieber erst, wenn es dir besser geht." Von einem Regal, dass sich anscheinend über mir befand, nahm er einen Becher und flößte mir damit eine leicht süßliche Flüssigkeit ein. „Jetzt schlafe etwas. Das tut deinem Körper gut." Wie auf Kommando überkam mich eine tiefe Müdigkeit.

Als ich wieder aufwachte, war ich allein. Meine Schulter schmerzte kaum noch. Daher versuchte ich mich aufzusetzen, was schon beim zweiten Ansatz gelang. Ich schaute mich um. Die Höhle war viel größer, als ich angenommen hatte. Es gab nicht nur einen Tisch, sondern auch eine improvisierte Küche und eine gemütliche Schlafstelle. Wie lange lebte er schon hier?

Vor der Öffnung befand sich ein viereckiges Holztor, sodass ich nur durch das einfallende Licht erkennen konnte, dass es Tag sein musste. Beim Versuch, aufzustehen merkte ich erst, dass an meinem rechten Fuß eine Fessel angebracht war. Das dicke Seil daran war lang, aber um einen mittelgroßen Felsstein gespannt. Werde ich gefangen gehalten? Ich zerrte und zog an der Schlinge, als mich ein amüsiertes Kichern zusammenfahren ließ. Er stand mit einem Korb voller Früchte im Eingang und musterte mich mit einem schelmischen Grinsen. „Dir geht es wohl besser. Dann können wir darüber verhandeln, ob ich dich von der Leine nehmen kann oder nicht." Er stellte den Korb auf den Tisch, nahm sich einen Hocker und ein volles Gefäß und nachdem er sich gesetzt hatte, reichte er mir den Krug. Als ich nicht reagierte, sagte er mit freundlicher Stimme:

„Das ist Wasser. Keine Angst. Wenn ich dich vergiften wollte, hätte ich das längst getan." Ich zögerte nur kurz, dann trank ich so viel ich konnte. Er ließ mich dabei nicht aus den Augen. Als ich den Holzkrug absetzte, beugte er sich ein wenig vor:

„Jetzt können wir reden. Ich bin Mei Jing und wer bist du?" Ich lehnte mich an die Wand. Dabei berührte meine kaputte Schulter den kalten Stein und ich zuckte zusammen. „Ich bin Vadim. Warum hältst du mich gefangen?"

Wieder dieses herzliche Lachen: „Du bist nicht mein Gefangener. Die Fessel habe ich dir zum Schutz angelegt, damit du *denen* nicht einfach in die Arme rennst. In dieser Wildnis wirst du es nicht ohne mich schaffen."

Ich dachte an zu Hause und an die Menschen dort, die mich suchen könnten. Bis auf meine Mutter und meine Schwester fiel mir niemand ein. Tatsächlich hatte ich weit über meine Verhältnisse gelebt und dabei die meisten Freunde vergrault. In diesem Moment war ich nicht sehr stolz darauf.

„Diese Insel ist sehr gefährlich und du bist hier nicht zufällig gelandet. Das ist eine Strafe." Wie bitte? „Wie kommst du denn darauf? Ich war mit meinem Vater und meinem Lover auf unserer Yacht, als uns ein Sturm überraschte. Nur ich habe es geschafft. Wie kann das kein Zufall sein?"

Mei Jing lächelte mitfühlend: „Ich bin hier damals ganz ähnlich gelandet. Ich war nur mit meinem Freund unterwegs und es war nur ein schickeres Boot, keine Yacht." Er hielt inne und ließ den Blick in die Ferne schweifen. „Ich dachte auch erst, dass es das Schicksal so wollte. Bis *sie* mich aufklärten."

Ich runzelte die Stirn und wartete ab. „Es gibt eine Firma, die sich darauf spezialisiert hat, Menschen verschwinden zu lassen und bei Bedarf eine angemessene Bestrafung zu finden. Meine Strafe war die Einsamkeit, nachdem ich meine Eltern so bitter enttäuscht hatte." Ich war geschockt. Gänsehaut kroch über meinen Rücken.

„Deine Eltern haben dich hierher geschickt?" Mit einer geschmeidigen Bewegung strich er sich eine Strähne aus dem Gesicht: „Nicht sie selbst. Sie würden sich niemals die Blöße geben. Einen schwulen Sohn konnten sie allerdings nicht tolerieren."

Ich wollte protestieren; mein Vater kam damit

klar, doch nun war er tot. Ich hatte ihn untergehen sehen. Ich überlegte. Meine Mutter war eine reiche Businessfrau und medienpräsent. Tatsächlich war ich ihr ein Dorn im Auge, aber für skrupellos hatte ich sie nicht gehalten. Bis jetzt.

„Hast du mal versucht zu entkommen?" Eine zerknirschte Miene machte sich in seinem attraktiven Gesicht breit: „Zwei Mal. Beim ersten Mal haben sie mich bloß ausgepeitscht." Er zeigte mir mit einer kleiner Drehung die Narben auf seinem Rücken. „Beim zweiten Mal haben sie mich richtig gefoltert. Ich dachte, ich überlebe das nicht. Aber ich bin noch hier."

Ein Lächeln huschte über sein Gesicht: „Und jetzt bist du da, aber solltest wohl gar nicht hier sein. Deswegen suchen *sie* dich jetzt." So richtig verstand ich das noch nicht: „Aber wenn die wissen, dass du hier bist und ich woanders sein sollte, ist es dann nicht nur eine Frage der Zeit, bis die hier auftauchen?"

Er grinste verschmitzt: Ja, aber ich habe einen Plan. Wir müssen auf die andere Seite der Insel. Dort liegen die Boote." Ich entdeckte auf seiner Stirn ein paar

Sorgenfalten. Bevor ich fragen konnte, fuhr er fort: „Das Problem ist nur, dass uns dafür nur die kommende Nacht bleibt., wenn weniger Wachen aufgestellt sind. Aber das ist auch die Jagdzeit der Jaguare."

Mein Magen knurrte. Es war laut genug, dass Mei Jing es auch vernahm. Prompt stand er auf und reichte mir den Früchtekorb. Ich hatte solch exotische Obstsorten noch nie gesehen, aber mein Hunger überlagerte jegliche Skepsis. Es schmeckte vorzüglich, wie ich mit Erleichterung feststellte.

„Und woher weißt du, wie wir dahin kommen? Anscheinend ist es sehr gefährlich dort." Der junge Mann, der kaum älter als ich sein konnte, stand auf und holte aus einer selbst gebauten Truhe eine Karte heraus:

„Die hier konnte ich einem Wächter entwenden, der... sagen wir, ich ließ ihm nicht die Möglichkeit, den anderen davon zu erzählen. Ich habe die Wege der Wachposten und die verschiedenen Fallen eingezeichnet." Er hielt stolz die Karte hoch. „Zusätzlich sind darin die Reviere der Raubkatzen markiert. Auf dieser Insel leben zur Zeit sechs erwachsene Männchen und neun Weibchen, vier davon mit

Jungen. Die sind am Gefährlichsten."
Während ich mir eine weitere Frucht nahm, lamentierte er weiter: „Laut dieser Karte gehört dieses Eiland zum Galapagos-Archipel und liegt ungefähr 100 Seemeilen westlich der fünf besiedelten Inseln." Er faltete die Karte wieder ordentlich zusammen.
„Es gibt dort einen Militärstützpunkt. Wenn wir es bis dahin schaffen, könnten wir die ganze Firma öffentlich machen und dieser Hölle ein Ende bereiten." Ich hörte auf zu kauen. Dieser Plan klang für mich so unrealisierbar, dass ich am liebsten dass ich am liebsten gelacht hätte.
„Verstehe ich das richtig: Du willst, dass ich mit dir durch einen Dschungel spaziere, in dem Fallen, bewaffnete Wachen und hungrige Raubkatzen auf uns warten – und das Ganze noch heute Nacht. Um dann ein Boot zu stehlen, dass uns auf eine andere Insel bringt. Bist du noch bei Trost?"
Mein selbsternannter Beschützer setzte sich wieder: „Ich hatte drei Jahre Zeit, diesen Plan zu entwickeln und vorzubereiten. Was ich nicht eingeplant hatte, war noch jemanden mitzunehmen. Aber ich bin bereit, es zu tun –

wenn du mir vertraust." Ich überflog in Gedanken meine Chancen, hier allein klarzukommen. Sie standen schlecht.

„Vertrauen muss man sich verdienen. Wie wäre es, wenn du meine Fußfessel abnimmst?" Er zögerte, blickte mir für einen langen Moment in die Augen, aber die Intensität ließ mich wegschauen. Ich seufzte und zog mich ein Stück zurück, als ich plötzlich eine Hand an meinem Knöchel spürte. Das kratzige Seil hatte schon eine satte Rötung hinterlassen, trotzdem fiel das Gefühl der Gefangenschaft endlich von mir ab.

„Danke. Ich habe noch eine Frage." Mei Jing hob eine Augenbraue und lächelte ein wenig, sodass weiche Grübchen sichtbar wurden: „Ich werde das Gefühl nicht los, dass es noch nicht die Letzte ist." Mir gefiel sein Humor. Leicht grinsend sprach ich meine Bedenken aus: „Selbst wenn wir es durch den Dschungel schaffen... Wie willst du ein Boot klauen, ohne dass es jemand merkt und uns dann verfolgt?"

Er wandte den Blick ab und drehte sich zum Tor. Das durchscheinende Licht wurde bereits weniger. Seine Muskeln spannten sich an; ich bewunderte seine Proportionen – sehr breites Kreuz und eine schmal definierte Taille. Er musste dafür Monate lang trainiert haben. Seine starke Brust hob und senkte sich, dann sagte er leise: „Wir müssen dafür sorgen, dass uns keiner folgen kann."

Ein Adrenalinschub ging durch meinen Körper und ließ mich unter Schmerzen aufstehen: „Du willst alle Menschen auf dieser Insel töten?" Er drehte sich blitzschnell zu mir um. Ich überragte ihn um einen Kopf. Seine Augen blitzten: „Unschädlich machen. Und glaub mir, der Tod ist nicht das Schlimmste, was einem Menschen passieren kann."

Meine Beine begannen zu zittern, daher ging ich auf und ab, um meinen Kreislauf zu reaktivieren. „Von wie vielen Menschen reden wir hier?" Mei Jing ging zurück zur Truhe, kniete davor und öffnete sie erneut. Er holte die Karte hervor und faltete sich auf dem Tisch auseinander. Während ich näher kam, begann er aufzuzählen:

„Auf dem äußeren Ring befinden sich vier Wachen, über Funk verbunden, die von einem Fixpunkt aus jeweils 100 Meter in beide Richtungen gehen. Im Inneren sind nur zwei,

aber dort sind ja auch die Jaguare. Diese befinden sich jeweils in einem Hochstand. Bei nördlichen Stützpunkt sind vier Männer und am Hauptstützpunkt auf der Südseite sind es zehn. Dort ist der kleine Hafen mit den Booten."
Er zeigte auf einen Punkt im Nordosten: „Hier sind wir." Allmählich begriff ich das Ausmaß seines Plans. Allein hätte er vielleicht eine Chance, obwohl ich auch das bezweifelte. Aber mit mir zusammen würde das nicht funktionieren.
„Wir können doch unmöglich 20 Menschen verschwinden lassen, ohne dass es irgendwem auffällt. Wenn sie über Funk verbunden sind, werden die sich regelmäßig gegenseitig überprüfen, ob alles okay ist. Außerdem suchen die doch nach mir. Da werden die wohl kaum auf ihren üblichen Posten bleiben."
Ich entdeckte Zweifel in seinem Gesicht. Er kräuselte seine vollen Lippen und schien auf einmal nervös zu sein. Immer wieder ging sein Blick von der Karte zu mir, als erwartete er von mir eine bessere Idee.
Dann bewegte sich auf einmal das Holztor. Zwei Wächter standen am Eingang, einer von ihnen ergriff sein Funkgerät, doch er kam nicht

dazu, etwas hinein zu sprechen. Mei Jing zückte aus seiner rechten Hosentasche ein kleines Messer und warf es mit Präzision in die Stirn des linkes Angreifers. Der andere sah seinen Kollegen tot zu Boden sinken und hielt sein Maschinengewehr in unsere Richtung, doch Mei Jing stand bereits vor ihm, riss ihm das Teil aus der Hand, stieß mit dem rechten Fuß in dessen Kniekehle und schlug mit der linken Faust in dessen Nacken.

Das alles passierte so schnell, dass ich gar nicht begriff, was hier geschah. Ich stand immer noch am Tisch über die Karte gebeugt, während Mei Jing innerhalb von Sekunden zwei Männer kampfunfähig gemacht hatte.

Mit einem Ruck zog er das Messer aus dem Schädel des einen, nur um ihn in das Herz des anderen zu stechen. Jetzt bereute ich, die Früchte gegessen zu haben, denn mir drehte sich der Magen um. Ich wagte aber nicht, hinauszurennen, um mich zu übergeben, weil ich keinesfalls in die Nähe der Leichen kommen wollte.

Mein Verstand versuchte für diese Situation Worte zu finden, aber ich starrte stumm vor mich hin. Hilflos sah ich dabei zu, wie mein

Kompagnon zuerst die Funkgeräte an sich nahm und dann deren Taschen leerte. Auch dort fanden sich weitere Messer, jeweils eine Pistole und jede Menge Munition.

„Komm schon her! Du wirst die Klamotten von diesem Typen brauchen. Das müsste von der Größe her passen." Langsam fand ich meine Sprache wieder: „Ich... kann nicht. Ich will nicht einmal in die Nähe. Das ist Leichenfledderei, was du da machst. Das ist nicht richtig."

Mei Jing lachte auf: „Ist es richtig, dass wir zwei auf dieser Insel festgehalten werden? Ist es richtig, dass die beiden uns kaltblütig erschossen hätten, wenn ich ihnen nicht zuvor gekommen wäre? Ist es das?"

Ich fand die Kontrolle über meine Beine wieder und bewegte mich nun doch ein Stück auf ihn zu: „Nein. Das wohl nicht. Aber hast du mal darüber nachgedacht, dass die beiden vielleicht Familie haben!" Mei Jing hielt inne und sah mich mit großen Augen an: „Ernsthaft? Daran sollte ich denken? Unsere Familien sind überhaupt der Grund, warum wir hier sind. Also erzähle mir nichts von Familie."

Ich sank vor den leblosen Körpern zu Boden. Er

hatte wahrscheinlich Recht. Das war das letzte, an das wir denken sollten. Ich begann, dem Mann die Schuhe auszuziehen. Der Geruch seines eisenhaltigen Blutes ließ mich würgen, aber ich schluckte den Brechreiz tapfer hinunter. Nur widerwillig knöpfte ich sein Hemd auf.

Ich musste an meinen Freund denken; wie er nach unserem dritten Date mein Hemd Knopf für Knopf geöffnet hatte und seine Hand dabei über meine Brust strich. Damals lief ein Schauer durch meinen Körper und ich wusste, dass er der Richtige ist. Nun lief mir ein Schauer des Ekels durch Mark und Bein.

Als ich ihm die Hose auszog, liefen mir Tränen übers Gesicht und tropften auf den Boden. Nicht aus Trauer oder Verzweiflung – aus Wut. Ich war wütend, dass ich hier gelandet war. Ich war wütend, weil mein Liebster auf dem Boden des Meeres zu Fischfutter wurde. Ich war wütend, dass Mei Jing mich dazu brachte, einem Ermordeten die Kleidung zu stehlen und ich war wütend, weil ich keine andere Wahl hatte.

Mir schien, als würde auf dieser Insel alles im Zeitraffer geschehen. Während ich die Wächtersachen anzog, versiegten meine Tränen und an dessen Stelle trat eine wilde Entschlossenheit. Ich wollte hier wieder weg, koste es, was es wolle.

Mei Jing reichte mir eins der Funkgeräte: „Du bist jetzt Wächter 2 und bewachst offiziell den westlichen Teil der Insel. Es ist wichtig, dass du schnell und selbstsicher reagierst. Dein Vorgänger hatte einen barschen Ton an sich, also bitte keine falsche Höflichkeit, sonst fliegen wir sofort auf."

Mir wurde klar, wie intensiv er das Verhalten auf der Insel studiert haben musste. Meine Aussage von vorhin tat mir jetzt Leid; er kannte die Menschen hier ganz genau.

„Du bist ein drahtiger Typ", erklärte Mei Jing mit neutralem Tonfall, „du hast nicht zufällig Kampfsporterfahrung, oder?" Er schien abzuschätzen, ob ich in irgendeiner Form nützlich sein könnte und ich ärgerte mich darüber, dass er mich für schutzlos hielt.

„Seit meinem achten Lebensjahr bin ich Judoka. Die drahtige Figur kommt vom Schwimmen."

Zufrieden nickte er mit dem Kopf: „Das ist gut. Dann kannst du dich wenigstens verteidigen." Wieder vor der Karte stehend, hielt er inne. Er prüfte die Entfernungen, schaute regelmäßig auf seine Uhr und entwickelte anscheinen einen neuen Plan. Auch ich sah mir das Prinzip der Landschaft genau an. Die Jaguar-Reviere konnten in drei sich leicht überschneidende Bereiche eingeteilt werden: die Männchen im Südwesten, die Weibchen ohne Junge im Norden und die mit Jungen im Südosten.

Ich hatte mal gelesen, dass diese Tiere Einzelgänger waren, aber dass sie es so genau nahmen, fand ich absurd. Mei Jing zeigte per Hand, dass unsere Leichen die Nord- und Ostwächter gewesen waren. Diese konnten uns nicht mehr gefährlich werden. „Könnten wir nicht per Funk die beiden andren Wächter nach deren Position fragen?"

Ich erntete einen bösen Seitenblick: „Dann müsstest du auch deinen Standort verraten. Und ins Blaue hinein lügen geht nicht, weil du nicht weißt, wo sich der Rest befindet." Um nicht weitere Missgunst aufzubauen, fragte ich lieber nach den faktischen Begebenheiten:

„Wenn ich das richtig sehe, befindet sich diese Höhle in einer jaguarfreien Zone, richtig?" Ich bekam nur ein stirnrunzliges Nicken. Anscheinend wartete er ab, was diese

Frage sollte. „Wären alle auf ihrem Posten, gäbe es in diesem Umfeld keine Wächter mehr, richtig?" Ein weiteres Nicken wirkte schon leicht genervt. Ich musste mich mit meiner Ausführung beeilen, bevor er gänzlich die Geduld verlieren würde.

„Alle auf der Insel meiden das Zentrum aus Prinzip, richtig?" Mei Jing verschränkte die Arme: „Worauf willst du hinaus?" Fast hätte ich ihm gesagt, dass ich versuchte, wie Michael Scofield aus Prison Break zu denken, verkniff mir aber diesen Kommentar. Ich hatte schon gemerkt, dass er Humor nur sehr gezielt einsetzte. „Meine Idee wäre nun, den nördlichen Stützpunkt auszuschalten, die anderen zu alarmieren, dorthin zu kommen und dann durch das Revier der Jaguare auf dem schnellstmöglichen Weg zum Hafen zu gelangen. Bis die wieder zurück sind, können wir schon viele Seemeilen weit weg sein."

Mei Jing sah mich ungläubig an, dann fing er plötzlich an zu lachen. Es schien gar nicht mehr aufzuhören, klang schon fast hysterisch und die herunterlaufenden Tränen zeigten ganz deutlich, dass ich eine Schnapsidee produziert hatte. Müde lehnte ich mich an die Felswand und wieder kam der kalte Stein an meine Wunde. Überrascht stellte ich fest, dass ich diese Tatsache völlig vergessen hatte. Vorsichtig ließ ich meine Finger darüber gleiten. Der dabei entstehende Schmerz war weitaus erträglicher als die Peinlichkeit meines verursachten Lachanfalls.

Als sich Mei Jing wieder im Griff hatte, kam er zu mir herüber und tat etwas Außergewöhnliches: Er umarmte mich und flüsterte: „Danke. Das habe ich dringend gebraucht." Ich schmunzelte über den spontanen Sympathieausbruch. Auch wenn dieser Moment nur kurz währte, nahm ich dabei seinen Geruch wahr, der durchaus nicht unangenehm war. Das irritierte mich ein wenig, aber wieder blieb mir keine Zeit für Grübeleien: „Dein Plan ist in der Theorie gar nicht mal schlecht. Klingt ein wenig nach Scofield, wenn du mich fragst." Mein Herz machte einen kleinen Hüpfer. Er kannte Prison Break. „Die Sache hat nur einen großen Haken, noch ein paar Kleinere, aber einen ganz Großen." Ich verschränkte die Arme: „Und welchen?" Er setzte sich missmutig auf den Hocker: „Die Jaguare sind nicht die einzigen tödlichen Tiere im Dschungel. Und es gibt einen kleinen Fluss, den wir überqueren müssen." Ich stieß mich von der Wand ab: „Was macht denn den Fluss so gefährlich. Leben darin etwa Piranhas?"

Es sollte ein Scherz sein, aber ich entnahm seinem Gesichtsausdruck, dass er das nicht lustig fand: „Nein, das nicht. Aber dort lebt eine sechs Meter lange Anakonda und sie hat in diesem Jahr noch nichts gefressen. Ich möchte ihr nicht zum Opfer fallen. Dagegen sind die Raubkatzen gnädig, glaub mir!"

Das tat ich. Trotzdem fiel mir keine Alternative ein. „Was würdest du denn vorschlagen?" Vielleicht halt es ja, ihn aktiv werden zu lassen. Doch er starrte nur auf die Karte, als erwartete er von ihr die passende Lösung. „Ich nehme an, es ist nicht möglich, um die Insel herumzuschwimmen?" Wieder schüttelte er den Kopf: „Nein, die Strömungen sind zu stark. Außerdem gibt es um die Galápagos-Inseln herum ungefähr 20 Hai-Arten, die uns für leckere Seelöwen halten könnten."

Mei Jing schaute zum Tor. Kein Licht drang mehr durch die winzigen Ritze. Die Nacht war angebrochen. „Ich fürchte, uns bleibt keine andere Wahl, als deinen Plan zu versuchen. Wir haben nur diese eine Chance. Siehst du gut im Dunkeln?"

Jetzt war es an mir, den Kopf zu schütteln. Er stand auf und ging zur kleinen Truhe. Daraus fischte er eine kleine Taschenlampe und drückte sie mir in die Hand: „Aber versuche es zuerst ohne. Das Licht macht zu sehr auf uns aufmerksam."

Er kam noch ein gutes Stück näher. Ich spürte seinen Atem auf meiner Haut. In seinen Augen entdeckte ich karamellfarbene Punkte. „Pass auf die Spinnen auf. Einige sind sehr giftig. Falls eine auf dich drauf fällt, schlage sie schnellstmöglich herunter." Er hob den Kopf ein Stück an: „Und wage es ja nicht, wie ein Mädchen zu schreien, sonst bringe ich dich eigenhändig um. Ist das klar?" Ich nickte. Was sollte ich auch sonst tun. Mei Jing schnallte sich einen dunklen Rucksack auf den Rücken und öffnete das Tor. Ich folgte ihm mit schnellen, möglichst lautlosen Schritten hinaus in die Dunkelheit.

Ich versuchte, Mei Jing zu folgen, aber er bewegte sich katzengleich voran, als wäre es taghell. Meine Konzentration lag darauf, überhaupt in die richtige Richtung zu gehen.

Im ersten Moment war es stockfinster. Das Höhlenfeuer war erloschen und das einzige Licht kam von den Sternen am Firmament. Vereinzelt flogen ein paar Glühwürmchen vorbei, aber sie wirkten eher wie der symbolische Tropfen auf dem heißen Stein.

Mit jedem unter mir zerbrechenden Ast stieg die Panik auf, entdeckt zu werden. Wir bewegten uns zwei Meter neben dem eigentlichen Weg entlang. Überall um uns herum standen riesige Bäume und bei dem Gedanken daran, was für Kreaturen dort auf uns lauern könnten, wurde mir ganz anders.

Nachdem ich mich an die Nacht gewöhnt hatte, konnte ich tatsächlich auf die Taschenlampe verzichten. Ich war überwältigt von den Geräuschen, die uns umgaben. Zikaden zirpten, Frösche quakten und Affen brüllten. Mei Jing schaute sich immer wieder zu mir um, in Sorge, ich könnte verloren gehen oder andere Dummheiten anstellen.

Zweimal lief ich Gefahr, der Länge nach hinzufallen, weil sich meine Schuhe in den Wurzeln der Würge-Oliven verfingen, aber ich konnte mich noch rechtzeitig abstützen. Einmal schreckte ich eine Galápagos-Echse auf, die

mich böse anfauchte, weil ich ihren Schlaf gestört hatte. Mir blieb dabei fast das Herz stehen, aber Mei Jing zog mich weiter voran.
Als ich mich endlich dem schnellen Tempo angepasst hatte, blieb Mei Jing abrupt stehen. Ich wagte nicht einmal zu flüstern. Flach und leise atmend gefror ich zur Säule. Dann sah ich den Schein einer Taschenlampe. Einer der Wächter hatte sich von seiner Position abgewandt und suchte nach mir. Oder nach jemandem. Als der Lichtkegel näher kam, zog mich Mei Jing hinter einen alten Baumstumpf.
Wir kauerten uns dicht dahinter, Schulter an Schulter. Während mein Herz raste, schien Mei Jing die Ruhe selbst zu sein. Als ich einen Blick in sein Gesicht wagte, stellte ich bestürzt fest, dass er die Augen geschlossen hatte. Er schien sich allein auf sein Gehör zu verlassen. Ich hörte zwar die Schritte des Mannes, aber nur dumpf im Gemisch der anderen Dschungelgeräusche. Wie nah er war oder ob er sich bereits entfernte, vermochte ich nicht zu sagen.
Dafür sah ich, wie Mei Jing sein Messer hervorholte. Als das Mondlicht darauf fiel, blitzte die Klinge kurz auf. Beide Seiten

waren scharf, aber während eine Seite glatt war, riffelte sich die andere wie ein Sägeblatt. Sie würde sich gedankenlos in menschliches Fleisch bohren und beim Herausziehen noch ein paar Fetzen mit herausreißen. Mir wurde übel bei dem Gedanken daran.

Aber tatsächlich hörte es sich an, als wenn die Schritte näher kommen würden. Mein Puls ging immer schneller, mein Körper war vollgepumpt mit Adrenalin. Der Lichtschein kam immer näher und Mei Jing saß gespannt wie ein Bogen, bereit im richtigen Moment das Nötige zu tun, um zu überleben.

Als die Person auf unserer Höhe war, sprang Mei Jing dem Wächter mit einer 180-Grad-Drehung entgegen, schlug ihm mit Schwung die Waffe aus der rechten Hand und rammte ihm mit aller Kraft die Messerspitze ins Herz. Ich hörte, wie er die Klinge noch einmal herumdrehte. Mir kamen die Früchte hoch und endlich konnte ich mich übergeben.

Ich würgte, bis nur noch Galle kam. Der Wächter lag leblos neben uns, Blut lief aus seinem Mund heraus. Mei Jing zögerte keine Sekunde. Er nahm auch dessen Funkgerät an sich, durchwühlte die Taschen und bediente sich am Waffenfundus. „Das war der Südwächter, Wächter 4", flüsterte er mit ruhiger Stimme. Ihm war nicht anzumerken, dass er gerade einen Menschen getötet hatte und das machte mir Angst.

Was mochten die mit ihm angestellt haben, dass er nun so kaltblütig morden konnte? Auf diese Frage würde ich vorläufig keine Antwort bekommen. Er zerrte den Leichnam an die Stelle, an der wir uns Minuten zuvor noch versteckt hatten und brachte den Wächter in eine sitzende Position. Der Oberkörper fiel nach vorne auf die Oberschenkel, aber das war nebensächlich. Er war vom Weg aus nicht mehr sichtbar.

Nach diesem Schrecken zogen wir weiter nach Norden. Der Urwald wurde lichter und gab und damit weniger Deckung. Die Zikaden klangen hier lauter und das Brüllen der Affen hallte bald nur noch entfernt zu uns herüber. Eine Schar Vampirfledermäuse flog über uns hinweg, aber sie beachteten uns nicht.

Als sich ein Moskito in meinen blonden Locken verfing, fiel mir plötzlich auf, dass ich gar nicht die passenden Impfungen besaß, um hier zu sein. Im gleichen Moment hätte ich gerne laut gelacht. Das war nun wirklich mein geringstes Problem. Ich war hier, weil ich verschwinden sollte. Und die Männer auf dieser Insel würden alles dafür tun, um diesen Job zu erledigen.

„Wir sind bald da. Vorsichtig jetzt! Der Außenring ist vermint. Wenn du in die Luft fliegst, ist unser Plan gescheitert." Erst dachte ich, er macht sich über mich lustig, doch er blieb ernst. Mir schlotterten leicht die Knie. Am liebsten hätte ich mich jetzt irgendwo hingesetzt, um mich ja nicht von der Stelle bewegen zu müssen. Stattdessen trieb Mei Jing mich an, weiterzugehen. Der Boden wurde sandiger und nach jedem Schritt ohne Explosion atmete ich tief durch. Ich bemühte mich, exakt dorthin zu treten, wo Mei Jing seine Füße hinabließ. Ein schwieriges Unterfangen und zeitraubend. Nach einer gefühlten Ewigkeit sahen wir endlich die Lichter des nördlichen Stützpunktes.

Dieser Wachposten bestand aus drei kleinen Gebäuden. Die dunkelgrünen Wände verloren bereits ihren Putz und schienen sich auf dieser leichten Anhöhe wie Schlangen zu häuten. Sie waren auf felsigem Boden gebaut und das Meer schwappte in respektablem Abstand vorbei.

Ein zwei Meter hoher Maschendrahtzaun umrahmte das Gelände. Unwillkürlich fragte ich mich, warum der Stützpunkt so gut gesichert war. Was wurde hier versteckt? Ein größerer Felsvorsprung gab uns Deckung und ich wartete darauf, dass Mei Jing mir neue Anweisungen gab. Er saß mit dem Rücken zum Stützpunkt und hielt die Augen geschlossen.

Mit dem Licht der Scheinwerfer fielen mir seine langen dunklen Wimpern auf. Solche wollte ich immer haben, war aber mit kurzen Hellen bestraft. „Wie geht es jetzt weiter?", flüsterte ich leise. Zwar wollte ich seine Konzentration nicht stören, aber Geduld war keiner meiner Stärken. „Wenn ich mich nicht täusche, sind alle vier Männer dort drin. Allerdings ist schwer zu sagen, wer sich wo befindet. Wir werden sie herauslocken müssen, weil wir nicht unbemerkt eindringen können. Die Stützpunkte sind videoüberwacht."

Na toll. Wir würden also nicht herausfinden, was hier los war, ohne die Hauptwache zu alarmieren. Andererseits wollten wir das. Ich fragte mich allmählich, ob mein Plan nicht zu simpel gestrickt war. Wenn die Wächter des Südpostens die Idee durchschauten, bräuchten sie nur das Revier der Jaguare zu umstellen und warten, bis wir an irgendeinem Punkt aus dem Dschungel herausbrechen.

Mei Jing unterbrach meine Gedanken: „Du wirst jetzt zum Tor gehen und anklopfen." Er sagte das mit einem amüsierten Unterton in der Stimme. „Wenn wir Glück haben, kommen sie alle direkt angestürmt." Ich hob die Augenbrauen: „Und wenn wir kein Glück haben?"

Er zuckte mit den Schultern: „Dann kommt nur einer, tötet dich im schlimmsten Fall und ich muss alleine weitermachen." Ich wollte protestieren, ihn anschreien, ihn für verrückt erklären, aber ich atmete tief durch und erwiderte nur: „Ich hoffe für dich, dass das nicht passiert. Wie soll ich sie denn herauslocken?"

Mei Jing grinste mich an: „Du hast doch immer so gute Ideen. Lass dir was einfallen!" Nun wurde sein Ton wieder ernster: „Los jetzt. Die Zeit sitzt uns im Nacken. Ich will von dieser Insel sein, bevor es hell wird." Er kramte in seinem Rucksack herum und holte ein

Messer heraus, das so war wie seines und eine der Pistolen. Feierlich drückte er mir beides in die Hand.

„Benutze lieber das Messer. Geschossen wird nur im Notfall. Wenn der Wind umschlägt, kann man den Knall auch im Hauptstützpunkt hören. Wir wollen Lärm möglichst vermeiden, okay?" Ich nickte und ohne darüber nachzudenken steckte ich das eiskalte Ding in die dafür vorgesehene Halterung, die ich dem toten Wächter 2 geklaut hatte. Das Messer behielt ich in der linken Hand. Das weiche Leder des Griffes schmeichelte sich in die Innenfläche und gab mir ein Gefühl von Sicherheit.

„Zeige das Messer aber nicht sofort, sonst wissen die genau, dass du ihnen nicht wohl gesonnen bist." Mir fiel in dieser Szene Quentin Terentinos „Kill Bill" ein und ich bedauerte, für dieses Abenteuer keinen coolen Soundtrack zu haben. Dann erinnerte ich mich daran, dass hier nicht mit Theaterblut gespielt wurde und meine innere Haltung schwankte.

Würde ich den Mumm haben, jemanden zu töten? Konnte ich das? Vielleicht würde ich es bald herausfinden. Ich blickte noch einmal zu Mei

Jing, der mich mit seinem Blick ermutigte: „Du schaffst das. Ich bin ja bei dir. Ich lass dich nicht allein." Entschlossen lud ich mir all meinen Mut auf die Schulter und richtete mich auf. Mit einem letzten Rundumblick verließ ich das sichere Versteck. Noch immer passte ich sehr genau auf, wo ich meinen nächsten Schritt hinsetzte.

Zuerst musste ich zum Hauptweg gehen, um nicht Gefahr zu laufen, doch noch eine Mine zu treten. Dabei scheuchte ich eine kleine Gruppe Cabybaras auf, die mit ihren hufähnlichen Klauen im Dickicht verschwanden. Mein Herz hatte sich mittlerweile an das höhere Tempo gewöhnt, sodass sich der Schreckmoment in Grenzen hielt. Als ich hinter den Blättern eines Riesenfarns ein großes Augenpaar erblickte, fühlte ich mich schon ertappt, aber sie gehörten einer Schleiereule, die mir einem heiser gedehnten „chrüüüh-chrüüh" davonflog.

Als ich den Weg erreichte, lagen meine Nerven bereits so blank, dass ich bereits beim kleines Laut das Messer zückte. Während ich langsam und möglichst leise auf den Eingang zu schlich, überschlugen sich meine Gedanken. Wie sollte ich auf mich aufmerksam machen? Würden sie sofort schießen? Bekäme ich auch sofort ein Messer in die Stirn wie Wächter 2? Würden sie sich womöglich auf Verhandlungen einlassen?

Je näher ich dem Tor kam, um so mehr war ich der Meinung, dass dieser Plan keinen Erfolg haben konnte. Auch wenn ich Mei Jing nirgends sah, spürte ich doch seine Anwesenheit. Durch ein kleines Fenster konnte ich bereits erkennen, dass in dem mittleren Gebäude zwei Männer waren, die sich unterhielten. Von den anderen beiden war nichts zu sehen oder zu hören. Ich wertete das als gutes Zeichen. Vielleicht schliefen sie ja.

Am Tor selbst war keine Klingel angebracht, aber zu meiner Verwunderung auch kein Schloss. Ich griff in den Maschendraht und öffnete den Eingang nur soweit, dass ich hindurch schlüpfen konnte. Bevor ich das tat, sagte ich leise und vorsichtig: „Hallo. Jemand zu Hause?" Nichts geschah. Ich baute darauf, dass sie nicht sofort auf mich schießen würden, weil ich die gleiche Uniform wie sie trug und es dunkel war.

Erst beim Näherkommen würden sie realisieren, dass ich nicht zu ihnen gehörte. Ich betrachtete die Außenwände des Gebäudes und entdeckte eine Kamera in der linken oberen Ecke. Eine weitere befand sich oben rechts. Sie drehten sich um ein Sattelgelenk, liefen aber nicht parallel, was ich sofort als ungeschickt empfand, den somit gab es zwar eine Überscheidungsmöglichkeit, aber auch eine Chance, ungesehen an ihnen vorbeizukommen. Von solch einem Unternehmen hatte ich mehr Professionalität erwartet.

Ich wartete, bis beide Kameras von mir weggedreht waren und rannte schnell zur Wand. Nun war ich im toten Winkel. Ich schlich links um das Gebäude herum. Als mir nichts passiert war, kam Mei Jing ebenfalls zum Eingang.

Als Köder ging ich weiter voran. Nun drangen Stimmen an mein Ohr. Vom rechten Gebäude liefen zwei Männer zum mittleren Gebäude. Einer gähnte ausgiebig und der andere stieg mit ein. Ich tippte auf die Wachablösung und ärgerte mich, dass ich nicht schneller vorangegangen war. Es wäre leichter gewesen, erst nur zwei ausschalten zu müssen und dann die beiden Verbliebenen zu eliminieren. Du meine Güte! Ich dachte schon wie Mei Jing.

Als die beiden Wächter im Inneren

verschwanden, schaute ich mich noch einmal um. Ich wollte nicht in das Blickfeld einer weiteren Kamera geraten. Genau in dem Moment verstummten die Stimmen im Inneren des Gebäudes. Ich hörte, wie neue Munition nachgeladen wurde und dann folgten hektische Schritte.

Allerdings hörte es sich so an, als wenn zwei Wächter nach links in unsere Richtung rannten, während die anderen beiden nach rechts abbogen. Meine Hand hielt den Ledergriff des Messers fest umklammert, aber mein Verstand zweifelte noch daran, ob ich in der Lage war, dieses Werkzeug einzusetzen.

Jeden Moment würden zwei bewaffnete Männer um die Ecke stürmen. Ein Hinterhalt war nun nicht mehr möglich. Etwas panisch blickte ich zu Mei Jing und war wenig verwundert, ihn mit geschlossenen Augen vorzufinden. Doch dann, als hätte mein Hinüberschauen ihn animiert, sprintete er los. Er rannte einen Bogen mit hoher Geschwindigkeit und sprang plötzlich, mit voraus gestreckten Beinen, in dem Moment in die Höhe, als die Männer um die Ecke kamen. Diese wussten gar nicht, wie ihnen geschah. Etwas flog ihnen entgegen und riss sie zu

Boden, samt den aus den Händen geschlagenen Pistolen.

Intuitiv ging ich dorthin und hob beide auf. Dafür musste ich zwar das Messer loslassen, aber das nahm ich unbewusst in Kauf. Als ich zu Mei Jing blickte, entdeckte ich eine zweite Klinge in seiner Hand. Er musste sie vorm Losrennen gezückt haben, denn ich hatte es nicht mitbekommen.

Gerade als die Männer ihn packen wollten, überkreuzte er die Arme und zog sie dann schwungvoll auseinander. Die geriffelten Seiten schlitzten beiden Männern den Hals auf. Die Augen weiteten sich ungläubig, als die Arme kraftlos zur Seite sanken. Unmengen Blut spritzte auf beiden Seiten heraus und tränkte den felsigen Untergrund mit dunkelroter Flüssigkeit.

„Schnell ins Gebäude!", rief er mir zu und ich zögerte keine Sekunde. Er folgte mir auf dem Fuß. Gerade rechtzeitig, denn von hinten kamen schon die beiden übrigen Wächter. „Was machen wir jetzt?", fragte ich gehetzt. Mei Jing schaute überrascht zu mir hinüber: „Wir lassen sie hereinkommen, was sonst?" Er hatte dabei ein schelmisches Grinsen im Gesicht, das mir das Blut in den Adern gefrieren ließ. Das Ganze schien ihm Spaß zu machen.

Mit den Messern in der Hand stand er majestätisch im Türrahmen. Niemand würde an ihm vorbeikommen. Der erste Wächter riss die Tür auf und wollte hineinstürmen. Mei Jing streckte nur kraftvoll den Arm aus und schon bohrte sich die Klinge in die Brustmitte. Mit einer leichten Drehung des Handgelenks verschob sich das spitze Metall und ein leichter Schubs ließ den Mann würgend nach hinten fallen. Der andere konnte gerade noch rechtzeitig ausweichen. Er wirkte erschrocken und wütend zugleich. Daher vergaß er leider seine Waffe in der Hand. Stattdessen stürmte er nach vorne. Als er bereits im Rahmen stand, vollführte Mei Jing eine gekonnte Pirouette um die eigene Achse, brachte die Klinge in Position und nutzte den Schwung, um ihm mit einem Schlag die Kehle durchzuschneiden. Der Wächter fiel röchelnd zu Boden. Noch ein paar letzte Atemzüge, dann war es vorbei. „Na, das hat doch wunderbar geklappt." Er stieß die Leiche ein Stück zur Seite, damit er die Tür schließen konnte. Ich musste mich erst einmal setzen.

Die Serie „Dexter" fiel mir ein und im Geiste verglich ich Mei Jings Charakterzüge mit denen des Protagonisten. Ein psychopathischer Serienkiller, der nur Menschen abschlachtete, die noch böser waren als er selbst. Ich schaute mich um.

Dies musste die Schaltzentrale sein, denn hier standen acht sehr hochwertige Rechner mit großen Bildschirmen und allerlei technischem Equipment. Während Mei Jing noch mit seiner üblichen Leichenfledderei beschäftigt war, nahm ich mir einen PC vor. Damit konnte ich umgehen. Ich stellte fest, dass es ein Windows-System war und kein besonders gut Geschütztes.

Anscheinend hatten sich die Wächter hier nicht die Mühe gemacht, die Administratorrechte abzugeben, bevor sie hinausstürmten. Ich konnte problemlos alle Ordner öffnen. „Was machst du da? Für Internet surfen bleibt uns keine Zeit." Mei Jing hatte keine Ahnung, was ich hier tat. Das überraschte mich nicht. Er war eher praktisch veranlagt.

Die Computer besaßen alle jeweils zwei Monitore. Ich versuchte, meine Arbeitsschritte möglichst einfach zu erklären: „Ich suche nach

Dateien, der uns mehr Auskunft darüber geben, was hier abläuft und wer zu dieser Firma gehört. Diese Informationen lege ich in meine Cloud, damit ich später von überall darauf zugreifen kann. Zusätzlich komprimiere ich das Datenpaket in einen sogenannten zip-Ordner und schicke diesen per Email an einen Kommilitonen vom College mit dem Hinweis, das Material in zwei Tagen zu veröffentlichen, falls ich mich bis dahin nicht bei ihm gemeldet habe.
Ich weiß, dass ich ihm vertrauen kann und er Kontakte zur Zeitung hat." Als ich den Browser startete, öffnete sich eine Startseite. Oben links befand sich ein lilafarbenes Logo einer Firma namens „Innocuous Corp.". Beim Überfliegen des Inhaltes klang es im ersten Moment wie ein Dienstleistungs-Unternehmen für Schädlingsbekämpfung. Nirgends wurde erwähnt, dass die Schädlinge menschlicher Natur waren. Ein cleverer Schachzug.
In mir brodelte es; ich bekam richtig Lust dazu, diesem Laden den Ofen auszuknipsen. Mei Jing stand hinter mir und verfolgte aufmerksam meine Arbeitsschritte: „Ich werde diesem Verein mal zeigen, wie schädlich ich sein kann. Zufällig bin ich ein recht passabler

Programmierer und vor ein paar Jahren habe ich mich intensiv mit Computerviren beschäftigt. Dabei fand ich es sehr reizvoll, die verschiedenen Arten miteinander zu kombinieren.

In meiner Cloud befindet sich ein Trojaner, der alle Anwendungsdateien zerschießt und danach die ersten 100 Sektoren der Festplatte formatiert. Vielleicht hast du mal vom „Michelangelo-Virus" gehört. Dieser funktioniert ähnlich, nur dass er sich durch das ganze Intranet frisst, sprich alle Computer, die mit diesem hier in Verbindung stehen. Eigentlich sollte er nie zum Einsatz kommen, aber ich denke, das ist eine gerechte Strafe."

Mei Jing runzelte die Stirn: „Inwiefern hilft uns das?" Ich lächelte verschwörerisch und kopierte das Trojanische Pferd in den Windows-Ordner. Ich schloss meine Cloud und machte einen Doppelklick auf „extinction666.vbs".

„Es wird nicht lange dauern, bis hier das ganze System zum Erliegen kommt. Keine Video-Überwachung mehr. Dann können wir uns in der Hinsicht frei bewegen." Eines der Funkgeräte äußerte sich. Bisher hatte sich noch keiner gemeldet, doch nun mussten wir reagieren.

„Basis an Nordstützpunkt. Bei uns fällt die Technik aus. Ist bei euch noch alles klar? Over."

Mei Jing ergriff das Funkgerät: „Nordstützpunkt an Basis. Nein, unsere Technik versagt auch gerade. Ihr solltet herkommen und euch das mal ansehen. Over." Ich grinste fröhlich. Das Problem konnten sie nicht so einfach beheben. Es müsste ein ganz neues Netzwerk installiert werden. Das würde viele Stunden dauern, sofern ein IT-Profi auf der Insel war.

„Basis an Nordstützpunkt. Wer spricht da? Identifizieren Sie sich. Over." Nun musste auch Mei Jing grinsen. Er ließ sich einen Augenblick Zeit, dann drückte er den Sendeknopf: „Hier spricht keiner eurer Wächter. Die sind bereits tot. Euch wird das gleiche Schicksal ereilen, wenn ihr nicht sofort hierher kommt. Wir warten auf euch. Out." Er schmiss das Funkgerät auf den Boden und trat mit einem heftigen Schritt darauf. Es knackte und zerbrach.

„Falls du noch etwas Sinnvolles findest, stecke es ein. Ansonsten sollten wir schnellstmöglich von hier verschwinden." In der Ecke stand zwar ein Laptop, aber der wäre unbrauchbar, weil er zum Netzwerk gehörte. „Wir sollten in das Gebäude mit den Unterkünften gehen. Vielleicht können wir Proviant mitnehmen." Mei Jing nickte.

Wir verließen die Schaltzentrale und suchten die Baracke daneben ab. In der Küche fanden wir Toastbrot, im Kühlschrank Wurst und Käse und ich nahm noch zwei Flaschen Wasser mit. Bei den Betten fand ich noch einen Rucksack, sodass das Essen auf meinem Rücken landete.

Mit schnellen Schritten schlugen wir uns zurück in den Dschungel. Ich hoffen, dass die Jaguare nicht allzu hungrig auf Menschenfleisch sein würden. Nachdem wir längere Zeit mit Lichtquellen verbracht hatten, fiel es mir anfangs schwer, mich wieder an die Dunkelheit zu gewöhnen. Ich hatte gehofft, dass wir schnellstmöglich durch den Dschungel huschen würden, doch ich wurde eines Besseren belehrt:

„Auch wenn die meisten Lebewesen über uns in den Bäumen leben, gibt es noch genug Arten, die sich am Boden befinden. Und nur wenige davon sind ungefährlich. Nur weil sie klein

sind, müssen sie nicht harmlos sein." Wir schlichen so leise wie möglich durch den wild wuchernden Urwald. Die größte Gefahr bestand aber nicht in der Fauna, wie mir Mei Jing bei einer Trinkpause erklärte: „Wir können nicht konsequent geradeaus gehen und haben keinen Kompass. Wenn wir Pech haben, laufen wir dem West-Wächter direkt vor die Lunte. Und wenn der per Funk mitbekommen hat, dass wir die anderen Wächter umgebracht haben, wird er uns wohl kaum mit offenen Armen empfangen."
Wir? Obwohl, ich habe ihn nicht davon abgehalten, es zu tun. Gab es denn eine Alternative? Ich schaute einem Vogel zu, der sich mit großem Appetit über einen Weg voller Ameisen hermachte. Mei Jing zog mich zur Seite: „Bleib lieber von den Treiber-Ameisen fern! Die fressen wortwörtlich alles, was ihnen in die Quere kommt. Wir können dem Motmot dankbar sein, dass er und seine Artgenossen den Bestand klein halten."

Ein schrilles „huut-huut" schien dessen Bestätigung zu sein. Obwohl die Brüllaffen anscheinend zu Bett gegangen waren, ließ mich ein ähnlicher Laut zusammenzucken. „Das sind Nachtaffen. Sie sind zwar nervig laut, aber harmlos. Lass uns weitergehen. Da vorne beginnt das Revier von Cattá. Sie ist noch recht jung und neugierig. Wir sollten dort schnell durch sein."

Anstatt weiterzugehen, blieb ich ungläubig stehen. Ich überkreuzte die Arme und hätte gerne gelacht: „Du hast den Jaguaren Namen gegeben? Ernsthaft? Aber die Menschen, die du umbringst, heißen Wächter 1 und Wächter 2."
Mei Jing kam ganz nah an mich heran, damit er mir in die Augen sehen konnte: „Du weißt nichts von mir! Absolut gar nichts. Also maß dir nicht an, ein Urteil über mich zu erlauben!" Seine Stimme war fest und durchdringend. Es beeindruckte mich zutiefst, welch Dialektik in ihm steckte. Einerseits der furchtlose Killer und gleichzeitig ein impulsiver aber sehr sensibler Kerl.

Es fiel mir schwer, damit umzugehen, aber es gefiel mir irgendwie. „Die Tiere versuchen nur zu überlegen – genau wie ich. Wir folgen unserem Instinkt und der Natur. Der Jaguar interessiert sich nicht für Geld und Macht. Er will die Zukunft seiner Heimat gesichert wissen und seine Gene an die nächste Generation weitergeben." Er seufzte. Ich sah, dass auch er müde war, aber uns lief die Zeit davon. Als ich ein leichtes Knacken auf dem Boden hörte, befürchtete ich schon das Schlimmste. Aber es war nur ein Paka, dass auf der Suche nach heruntergefallenen Früchten durch das Dickicht trabte. Erleichtert atmete ich auf und war bereit zum Weitergehen.

Wir sprachen nicht mehr und konzentrierten uns stattdessen auf das Vorankommen in dieser unwegsamen Vegetation. An einer Stelle lag ein riesiger, vom Sturm umgewehter Baum im Weg und uns blieb nichts anderes übrig, als hinüber zu klettern. So wie es aussah, hatte auch hier eine Würge-Olive ganze Arbeit geleistet. Der Schmarotzer lag spiralförmig um den massiven Stamm herum. Als ich hinüberhechten wollte, blieb ich mal wieder hängen, allerdings so ungünstig, dass ich mich nicht befreien konnte, ohne die Hose kaputt zu reißen.
Ich zog und zerrte, während Mei Jing ungeduldig trippelte, als auf einmal ein Geräusch ertönte, das mich frösteln ließ. Ich war kein Experte, aber das klang eindeutig nach einer Raubkatze. „Los, jetzt mach schon oder soll das hier ein Buffet werden?" Zum Glück funktionierte ich unter Druck am besten

und obwohl mir der Schweiß die Stirn hinunterlief, konnte ich mich endlich befreien.

Obwohl das Tier noch nicht in Sichtweite war, spürte ich trotzdem, dass wir beobachtet wurden. Wir beschleunigten die Schritte und mir war es nun egal, ob ich dabei auf seltene Käfer trat. Ich wollte nur schnellstmöglich wieder in die Nähe der Küste. Wir liefen noch ein gutes Stück weiter, bis Mei Jing wieder langsamer wurde.

Ich flüsterte leicht panisch: „Warum wirst du langsamer? Wir sollten von hier verschwinden. Mir gefällt es hier überhaupt nicht." Ich bekam ein sanftes Lächeln geschenkt und beruhigte mich ein wenig. „Wir haben das Revier gewechselt. Dies ist das Reich von Kingii, eine alte Freundin von mir. Sie wird uns nichts tun."

Seine Zuversicht wunderte mich. Er hatte Respekt vor ihnen, dass hatte ich herausgehört. Aber Freundschaft? Mit diesen Bestien? Das fand ich nun doch merkwürdig. Wir gingen wieder bewusster durch den Dschungel. Mir fiel auf, dass Mei Jing immer wieder nach oben schaute. Suchte er sie etwa?

Mir war eher danach, die Bekanntschaft mit solchen Wesen zu vermeiden. Eine Schlange zog an mir vorüber und ihr leises Klappern verursachte mir eine Gänsehaut. Zum Glück waren die giftigsten Schlangen auf dem australischen Kontinent.

„Da oben!", flüsterte er plötzlich. Ich hatte gar nicht gemerkt, dass Mei Jing stehen geblieben war. Ich folgte mit dem Augen seinem ausgestrecktem Arm. Tatsächlich! In dem großen Baum direkt vor uns, auf einem mittelhohen Ast, saß eine majestätisch anmutende Kreatur und starrte uns an. Für mich sah sie nicht sehr freundlich aus; eher so, als wäre sie bereit, uns jederzeit anzuspringen.

Ich dachte an den T-Rex aus Jurassic Park, der einen nicht sah, solange man sich nicht bewegte. Kingii sah uns auf jeden Fall und sie registrierte jeden unserer Bewegungen. Was sollten wir tun? Mit Schrecken sah ich, wie Mei Jing näher auf sie zuging. Mir blieb fast das Herz stehen, als er auch noch den Arm zu ihr ausstreckte. Als die Großkatze sich erhob, erstarrte ich vor Ehrfurcht. Ich konnte mich nicht mehr bewegen. Die Szene, die sich vor mir abspielte, lief wie von Band. Ich sah zu, wie der Jaguar mit einem geschmeidigen Satz vom Baum sprang. Mei Jing blieb völlig ruhig und kniete sich zu ihr nieder.

Er begann sie zu streicheln. Ich traute meinen Ohren nicht, als ich ein wohliges Schnurren vernahm. Wie von einem Kätzchen, nur lauter und tiefer. Ich schluckte und traute mich nun doch einen Schritt vor. Sofort drehte sie sich zu mir um und miaute mir nicht sehr wohlwollend entgegen. Sofort blieb ich wieder stehen.

Ich legte auch keinen Wert auf Kontakt mit diesem Monstrum. „Kennt ihr euch schon lange?", fragte ich vorsichtig. Mei Jing lächelte wieder: „Fast drei Jahre. Sie hatte sich den Fuß gebrochen. Ich habe ihn geschient und sie wieder gesund gepflegt. Das hat uns zusammengeschweißt." Mir fiel auf, dass ich nie gefragt hatte, was er beruflich machte. Ich kann ihn wirklich nicht.

Anscheinend las er in meinem grübelnden Gesicht wie in einem Buch: „Bevor ich herkam, habe ich Medizin studiert. Ich habe in der Unfallchirurgie gearbeitet." Das erklärte wohl den guten Umgang mit Messern. „Aber du hast Recht. Wir müssen leider weiter. Wir haben noch nicht mal ein Drittel der Strecke zurückgelegt." Ich spürte, dass ihm der Abschied schwerfiel und mir wurde hier wieder deutlich, wie sehr wir Menschen von unserer Umgebung geprägt werden.

Auch wenn Kingii nicht meine Freundin werden würde, war ich ihr doch dankbar, dass sie nicht versucht hatte, an meinen Beinen herumzuknabbern. Als ich mich noch einmal umdrehte, sah ich, wie sie zurück auf ihren Baum sprang. Welche Überraschungen hielt Mei Jing noch für mich bereit?

Die Nacht wurde noch dunkler und das wenige Mondlicht, dass durch die dicken Blätterdächer hindurchdrang, reichte kaum noch aus, um alles richtig wahrzunehmen. Ich orientierte mich an den Silhouetten der Bäume und folgte den Schritten von Mei Jing.

Meine Anspannung stieg. Bisher waren wir glimpflich davongekommen. Würde uns das auch weiterhin gelingen? Am Ende von Kingiis Revier aßen wir etwas Käse und Wurst. Auf den Toast verzichteten wir, denn wir brauchten Energie, keine Füllmasse. „Wir gelangen gleich in den Bezirk von Lélee. Ich hatte gehofft, wir können es umgehen, aber wir müssen uns zu weit links gehalten haben. Sie ist ziemlich angriffslustig, selbst die Männchen gehen ihr aus dem Weg." Mei Jing wirkte nervös und das gefiel mir ganz und gar nicht. Er kannte die einzelnen Exemplare gut. Offenbar hatte er viel Zeit in die Erforschung dieser Insel gesteckt.

Ich fragte mich, woran er erkannte, wo wir uns befanden, traute mich aber nicht danach zu fragen. Ohne es zu merken, hatte ich meine Hand um einen Ast gelegt, um mich abzustützen. Damit konnte ich mein Gewicht ein wenig verlagern, denn mir taten die Füße weh. Die Schuhe waren zwar praktisch, aber nicht meine. Ein paar Druckstellen machten sich bereits bemerkbar.

Ich sah Mei Jing dabei zu, wie er genüsslich in ein Stück Salami biss, als ich plötzlich etwas Weiches, Kitzelndes auf meiner Haut spürte. Als ich hochschaute, entdeckte ich etwas Achtbeiniges auf meinem Handrücken. Ich unterdrückte den Impuls, sie sofort zurückzuziehen. Stattdessen ging ich näher heran. Ich ignorierte meinen rasenden Puls und versuchte mit Räuspern auf mich aufmerksam zu machen, doch Mei Jing war so in sein Kauen vertieft, dass er meine Situation gar nicht mitbekam.

Eine riesige Vogelspinne machte es sich auf meiner Hand gemütlich. Wahrscheinlich genoss sie die Wärme, denn sie machte keine Anstalten, weiterzugehen. Ich litt zwar nicht unter Spinnenangst, aber Respekt hatte ich vor diesen Dingern auf jeden Fall. In meinem Gedächtnis wühlte ich verzweifelt nach weiteren Informationen über diese Wesen. „Friedfertig" schoss mir durch den Kopf und „für den Menschen nicht tödlich". Dann kam noch „schmerzhafter Biss" hinzu. Wie gut, dass ich einen angehenden Arzt an meiner Seite hatte. Trotzdem wollte ich nicht ausprobieren, wie schmerzhaft diese Beißklauen sein konnten. Bei näherer Betrachtung fand ich sie richtig schön, mit ihren fein gegliederten Beinen, dem zweigeteilten Körper und den samtigen Härchen. Ich spürte Mei Jings Atem an meinem Hals und ein wohliger Schauer lief durch mein Innerstes. „Der Herr fürchtet sich vor süßen Katzen, aber kuschelt mit Spinnen herum. Entdeckst du langsam deine wilde Seite?" Mir entging der spöttische Unterton nicht, aber ich wollte lieber nicht darauf eingehen.

„Wie bekomme ich die denn wieder herunter?" Er kicherte, griff an mir vorbei und hob die große Spinne von meiner Hand. Diese zog blitzschnell ihre Beine an den Körper, aber sonst passierte nichts. Fast etwas enttäuscht nahm ich meine Hand vom Ast. „Die sind gegrillt übrigens richtig lecker!", flüsterte er mir grinsend zu. Mir waren sie lebendig lieber.

Wir packten unseren Proviant wieder ein und arbeiteten uns weiter vor. Das Gestrüpp wurde dichter; aus dem Gehen wurde Klettern, denn die Verwurzelungen der Bäume verliefen dermaßen willkürlich, dass es manchmal einfacher war, darunter durch zu kriechen als darüber zu springen. Wobei letzteres sowieso keine gute Idee war, weil wir nicht wussten, was hinter dem jeweiligen Hindernis lag. Jedenfalls ich nicht.

Für Mei Jing schien das ein netter Abenteuer-Parcours zu sein und je komplizierter der Weg wurde, um so mehr Spaß hatte er. Seine Augen inspizierten regelmäßig die umliegenden Bäume und Äste. Zum Glück gab es bisher keine Spur von Lélee und ich sah auch keinen Bedarf darin, welche zu finden. Es reichte mir vollkommen, dafür zu sorgen, mir nicht den Hals zu brechen.

Nebenbei faszinierte mich die Vielzahl der Geräusche um uns herum. Bedauerlicherweise war mein Smartphone bei unserem Schiffbruch untergegangen. Ich hatte darauf eine App zum Messen der Lautstärke. Allein die Zikaden brachten es teilweise auf 80 Dezibel, in Kombination mit den Affen und Fröschen lagen wir bestimmt noch darüber.

Ab und zu hörte ich einen Uhu und ich hätte ihn zu gern gesehen, aber er befand sich wohl weit oben in den Baumkronen. Ich stieg über einen kleinen Felsen, als ich fast mit Mei Jing zusammengestoßen wäre. Er stand direkt dahinter und rührte sich nicht. Ich versuchte, seinem Blick zu folgen, doch in der Dunkelheit konnte ich nichts Gravierendes erkennen.

Bis ungefähr 40 Meter vor uns etwas zuckte. Etwas mit Fell. Und es lag bereit zum Sprung. War das Lélee? Würde sie uns angreifen? Ohne darüber nachzudenken umschloss ich den Griff des Messers. Instinktiv hielt Mei Jing mich zurück. Seine rechte Hand legte sich um meine Taille und schob mich langsam nach links. Er selbst ging seitwärts in die gleiche Richtung.

Männergeschichten

Die Jaguar-Dame ließ uns nicht aus den Augen, aber sie blieb gespannt liegen. Ich versuchte, ruhig zu bleiben und hektische Bewegungen zu vermeiden. Inzwischen betrug unsere Distanz ungefähr 60 Meter. Aber auch das würde uns nicht retten, falls sie wirklich angreifen sollte.

Mich wunderte, dass Mei Jing in diesem Fall einen so defensiven Rückzug in Kauf nahm. Ich hatte jedenfalls nicht das Gefühl, dass er einen Plan hatte. Vielleicht hoffte er darauf, das Lélee ein leichteres Opfer bevorzugen würde. Leider war kein Pekari oder Capybara in der Nähe, das unseren Platz einnehmen konnte.

Ich sah von der Raubkatze nur noch schemenhafte Umrisse. Dann setzte sie plötzlich zum Sprung an und machte ein gutes Stück der Distanz weg. Sie rannte mit hoher Geschwindigkeit auf uns zu. Während nun auch Mei Jing seine Messer zückte, wählte mein Unterbewusstsein eine ganz andere Strategie. Meine rechte Hand griff zielgerichtet in meine Hosentasche und holte die kleine Taschenlampe heraus. Ich zielte förmlich auf den Kopf der Raubkatze und drückte den Schalter.

Der grelle Schein erfüllte den Dschungel mit

Licht. Zum ersten Mal sah ich die grellen Farben der Pflanzen, das goldene Fell des Jaguars und ein Meer aus bunten Vögeln verzog sich kreischend in den Nachthimmel. Lélee machte eine Vollbremsung, brüllte uns böse an und verschwand im nun farbenprächtigen Dickicht.

Mei Jing riss mir die Taschenlampe aus der Hand und im Nu legte sich der Schleier der Dunkelheit zurück auf den tropischen Inselwald. „Bist du wahnsinnig? Wahrscheinlich weiß jetzt jeder, wo wir sind! So ein Leichtsinn!" Er war außer sich vor Wut. „Damit ist vielleicht der ganze Plan gefährdet. Ich kann nicht fassen, dass du die Taschenlampe angemacht hast! Warum hast du nicht gleich eine Leuchtrakete in die Luft geschossen? Himmel, Herrgott nochmal!" Allmählich wurde ich sauer: „Jetzt halt mal die Luft an. Ich habe uns die blöde Katze vom Hals gejagt! Wäre es dir lieber gewesen, sie hätte unsere Köpfe aufgeknackt? Das hätte deine liebe Lélee durchaus gekonnt. Oder hätte ich sie im Sprung aufschlitzen sollen? Ach nein, das ist ja deine Spezialität!"

Mit großen Augen sah Mei Jing mich an. Er war

es anscheinend nicht gewohnt, dass ihm jemand Paroli bietet. Wir standen uns gegenüber, mit den Händen in den Hüften. Erst war es nur ein Grinsen in seinem Gesicht, doch er konnte nicht lange an sich halten. Er brach in schallendes Gelächter aus und es dauerte nur einen Moment, bis ich mit einstieg. Wir bogen uns vor Lachen, bis wir uns gegenseitig stützen mussten. Ich bekam schon Seitenstechen und doch trieb mich eine Lachsalve zur nächsten. Nur langsam näherten wir uns wieder der Realität.

Ein Knacken im Gebüsch ließ uns innehalten. War Lélee zurückgekommen? Wollte sie sich nun holen, was ihr ihrer Meinung nach zustand? Wir verharrten nebeneinander, mit Messern bewaffnet und hochkonzentriert. Ich zog die Taschenlampe nicht mehr in Betracht. Mein Atem ging schneller, als ein weiteres Rascheln aus dieser Richtung folgte. Doch dann trottete nur ein Tapir heraus, der bei unserem Anblick erschrak und sich sofort wieder zurückzog.

Die innere Anspannung blieb als wir endlich weiterzogen. Die Grazien ließen wir zurück und betraten nun die Zone der Männchen. Für mich klang das keineswegs beruhigend, auch wenn ich froh war, dass wir das Gebiet mit den Müttern gänzlich meiden würden.

Andererseits hieß das immerhin, dass wir vorankamen. Und wir waren beide noch unversehrt, bis auf ein paar kleine Kratzer. „Als erstes kommt das Revier von Guasu. Er ist das größte und kräftigste Männchen." Ich warf Mei Jing einen verstohlenen Blick zu: „Ist nicht zufällig einer deiner Freunde, oder?" Ich hörte nur ein Seufzen und kannte die Antwort. „Von den männlichen Jaguaren hat er das größte Revier. Wenn wir Glück haben, treffen wir ihn gar nicht."

Wir hatten bisher mehr Glück als Verstand gehabt und ich fragte mich ernsthaft, ob es für den Rest des Weges ausreichen würde. Bevor wir das Gebiet betraten, hatte ich die Taschenlampe in meinem Rucksack verstaut, um weiteren Ärger zu vermeiden. Seit unserem Lachkrampf kam es mir so vor, als ob Mei Jing zutraulicher geworden war. Er ging nicht mehr so weit voraus und wies zwischendurch auf interessante Dinge hin. Die Vegetation veränderte sich ein wenig. Der Urwald wurde weniger dicht und so kamen wir schneller voran.

„Wir müssen trotzdem vorsichtig sein. Am Ende von Guasus Reich befindet sich der Fluss. Die Anakonda ist nicht die einzige Gefahr dort." Es war erstaunlich. Immer wenn meine Stimmung ein bisschen besser wurde, fand Mei Jing einen Weg, mich auf den Boden der Tatsachen zurückzuholen.

Joel war ganz anders gewesen. Er liebte meine positive Ausstrahlung und meine verrückten Ideen. Mit Dad und der Yacht herauszufahren zum Beispiel. Und wohin hat mich das gebracht? Auf eine merkwürdige Tropeninsel, verfolgt von einer Handvoll Soldaten und Jaguaren, an der Seite eines Arztes, der dank seines Aufenthaltes hier zum Serienkiller mutiert war. Eine Aga-Kröte verschlang auf meiner Augenhöhe im Astgewirr eine Gottesanbeterin. Es knackte richtig, als er die einzelnen Glieder des Insektes durchbrach und ich musste mich abwenden. Praktisch vor meinen Füßen schlug ein Buschmeister seine Giftzähne in ein niedliches Tamandua.

Allmählich begriff ich das Prinzip dieser Mission: Fressen oder gefressen werden. Es ging einzig allein ums Überleben. Ich holte auf und ging nun direkt neben Mei Jing. Den

großen Guasu trafen wir nicht. Dafür drang plötzlich das Plätschern des Flusses an mein Ohr. Die Hälfte des Weges war erreicht. „Hat die Anakonda auch einen Namen?", fragte ich unschuldig. Er blieb andächtig stehen und ich konnte seinen Respekt in der Stimme hören: „Sie heißt Juvy. Die Würgerin." Ich beschloss, dass ich keinen Wert darauf legte, ihre Bekanntschaft zu machen.
Stattdessen sorgte ich mich darum, wie wir über das fließende Gewässer kommen sollten. Konnte ich darauf bauen, dass Mei Jing einen Plan hatte? Vielleicht übertrieb er und es war nur ein kleiner Bach, über den man springen konnte. „Pass jetzt bitte auf deine Schritte auf. Je näher wir ysatî kommen, um so sumpfiger wird der Untergrund. Jedes Steckenbleiben kostet uns wertvolle Zeit."
„Ysatî?" Er lachte leise: „Das bedeutet klares Wasser. Obwohl der Fluss fast zwei Meter tief ist, kannst du den Grund sehen." Ich seufzte. „Das wird uns in der Nacht nicht viel nützen. Oder wimmelt es dort vor fluoreszierenden Fischchen?" Mein sarkastischer Tonfall schien ihm zu gefallen. Er grinste breit und ich konnte seine Grübchen in der Dunkelheit

erkennen. „Leider nicht. Aber wenn das Mondlicht gut fällt, schimmern die Riffhaie fast weiß!" Er sagte das, als wäre es etwas Positives. Damit konnte ich meine Hoffnung auf ein kleines Bächlein wohl begraben.

Die großen Bäume wurden weniger, dafür tauchten nun vermehrt Büsche und Sträucher und Farne auf. Der Boden kam mir rutschig vor und er gab jetzt ein wenig nach. Winzige Kolibris sausten uns um die Ohren, ebenso wie Libellen, die dreimal so groß waren. Durch die hohe Luftfeuchtigkeit klebten die Klamotten an meinem Körper und ich hätte sie liebend gerne gewechselt.

Mei Jing hielt weiterhin Augen und Ohren offen, um eventuellen Gefahren aus dem Weg zu gehen. Der Fluss konnte nicht mehr weit sein. Wenn es ein Süßwasserfluss war und davon ging ich aus, würde es auch als Trinkstelle von den Tieren genutzt, sowohl von den Harmlosen als auch von den Gefährlichen. Das machte mir etwas Angst. Es ergab wenig Sinn, den Fluss zu durchqueren, wenn auf der anderen Seite die Räuber auf eine leckere Mahlzeit warteten. Frisch gereinigt und servierfertig. Andererseits wollte ich auch nicht darauf warten, bis Guasu uns finden würde.

Und so liefen wir weiter. Als ich den ersten Blick auf den Fluss erhaschen konnte, sagte ich nur „Ach du scheiße!" Das Ding war bestimmt zehn Meter breit. Die Strömung war stark und es befand sich nichts darin, an dem man sich festhalten konnte. „Jetzt wird sich gleich zeigen, wie gut du schwimmen kannst." Unter normalen Umständen wäre das ein Ansporn für mich gewesen. Aber jetzt wünschte ich mir nichts sehnlicher als eine Brücke. Ich setzte mich auf einen abgebrochenen Baumstamm. „Jetzt sag mir bitte, dass du auf diesen Moment vorbereitet bist."

Wut stieg in mir auf. Ich war wütend auf mich selbst, weil ich nicht weiter nachgefragt hatte. Mit Schwimmen allein konnten wir es unmöglich schaffen. Die Strömung würde uns einfach mitreißen und uns im Meer wieder ausspucken. Mei Jing begann, in seinem Rucksack zu kramen. Ich wertete das als gutes Zeichen.

Es dauerte nicht lange bis er ein Manila-Seil herauszog, an dem ein dreifacher Widerhaken befestigt war und zwei große Plastiktüten. Ich wollte gar nicht wissen, wie er diese Sachen besorgt hatte. Ich war einfach nur dankbar. „Wir spannen das Seil über den Fluss und hangeln uns daran lang. Zufrieden?" Ich nickte. „Die Klamotten und die Rucksäcke packen wir in die großen Tüten, dann bleiben sie halbwegs trocken."

Das klang nach einem guten Plan, aber etwas machte mich stutzig: „Die Klamotten? Willst du etwa nackt durch den Fluss?" Mei Jing schaute mich irritiert an: „Also ich weiß nicht, wie es dir geht, aber ich finde es super eklig, nasse Unterwäsche zu tragen. Natürlich nackt! Oder hast du Angst, dass ich sofort über dich herfalle?" Das breite Grinsen kam zurück und ich wurde rot. „Sorry, Vadim, für so etwas haben wir jetzt keine Zeit. Ich werde dir schon nichts weggucken."

Seine Arroganz ging mir auf die Nerven, aber er traf einen heiklen Punkt. In Joels Nähe war es kein Problem gewesen, nackt zu sein. Wenn es nach ihm gegangen wäre, hätte ich auf Kleidung gänzlich verzichten können. Aber generell war ich mit meinem Körper nie richtig zufrieden. Daher würde es mich einige Überwindung kosten, mich hier meiner Klamotten zu entledigen. Hüllenlos hieß hier auch schutzlos. Ich vermisste sofort das Messer, denn es gab mir ein Gefühl von Sicherheit. Mei Jing schwang das Seil wie ein Lasso und ich hoffte, er hätte direkt beim ersten Mal Glück. Doch er brauchte drei Anläufe, bis sich der Widerhaken so festsetzte, dass es halten würde.

Während ich widerwillig mein Hemd aufknöpfte und aus den Ärmeln schlüpfte, befestigte Mei Jing das Seil an dem Baumstamm, auf dem ich gesessen hatte. Nachdem ich die Schuhe auszog, fühlte ich zum ersten Mal den Inselboden. Der weiche Untergrund umschmeichelte meine Füße und der Schmerz der Druckstellen verflüchtigte sich.

Mei Jing zog sein Hemd aus und ließ seine Muskeln spielen. Im Mondlicht wirkte sein trainierter Oberkörper noch imposanter; mir fiel der Film „Gladiator" dazu ein. Im Gegensatz zu mir hatte er kein Problem damit, die Hosen auszuziehen. Er scherte sich nicht darum, was ich sah oder was ich dachte. Das imponierte mir.

Ich atmete tief durch und öffnete nach und nach die Knöpfe. Beim Zusammenlegen spürte ich einen Blick auf meinem Hintern, aber ich ignorierte meine Scham. Ich legte Unterhose und Socken so dazu, dass es hoffentlich trocken bleiben würde. Der Versuch, jegliche sexuellen Gedanken auszublenden scheiterte beim Anblick vom nackten Mei Jing.

Aber das Brüllen einer Raubkatze ließ meine Glieder zusammenfahren. Es kam von unserer Seite. „Das ist Guasu! Los, schnell ins Wasser!" Ich sprang in den Fluss und zu meinem Erschrecken war es eiskalt. Mei Jing folgte mir. Ich kam nur langsam voran, denn die Strömung drückte mich immer wieder zurück.

Dann erschien hinter einem Strauch der Kopf eines sehr großen Jaguars und auf einmal schoss mir durch den Kopf, dass nicht nur Tiger schwimmen können. Jaguare auch. Meine Panik schien aber unbegründet. Guasu lief nur bis zum Uferrand und brüllte uns hinterher. Anscheinend traute er sich nicht in den Fluss. Er hätte der Strömung auch nicht viel entgegenzusetzen.

Während ich mich Stück für Stück vorwärts bewegte, umschloss ich krampfhaft meine Plastiktüte. Ich versuchte, nicht darüber nachzudenken, welche Gefahren unter mir lauerten. Als ich die Mitte erreichte, war ich bereits erschöpft und nur der pure Wille trieb mich weiter voran.

Ab und an spürte ich, wie etwas meine Beine streifte. Mir fielen die Piranhas und Riffhaie wieder ein. Worauf hatte ich mich nur eingelassen? Ich froh in dem kalten Wasser und meine Hände schmerzten. Noch nie waren mit zehn Meter so lang vorgekommen. Das andere Ufer näherte sich zwar, aber was kam dann? Würden die Wachen tatsächlich zum nördlichen Stützpunkt laufen oder warteten sie bereits seelenruhig im Gebüsch? Bereit, uns mit einer Handvoll Kugeln zu spicken.

Dann fielen mir Mei Jings Worte wieder ein: „Der Tod ist nicht das Schlimmste, was uns passieren kann." Ein kleiner Kaiman schwamm an mir vorbei. Es war noch ein Jungtier und es schien mehr Angst vor uns zu haben als wir vor ihm. Mit Mühe erreichte ich das Flussufer. Mit einer Hand hievte ich meine Tüte auf den Rand, während ich mir überlegte, wie ich selbst dort hochkommen sollte.

Ins Wasser hineinspringen war leicht gewesen. Aber es gab hier keinen massiven Beckenrand, an dem ich mich hochziehen konnte. Ich versuchte es zunächst mit den Beinen zuerst.

Ich ließ mich von der Strömung mitziehen, bis ich flach auf dem Wasser lag. Aber ich bekam nicht den nötigen Schwung, um einen Fuß auf den Untergrund zu bekommen.
Stattdessen wählte ich die langweiligere Variante und hangelte mich weiter am Seil entlang. So zog ich mich allmählich an Land, aber ich unterschätzte den Energieaufwand. Meine Kraftanstrengung musste den Widerhaken gelockert haben. Ich war gerade mit dem ganzen Körper auf der anderen Seite angekommen, als sich unser Flussübergang plötzlich verselbstständigte. Mei Jing schrie auf und ich ergriff instinktiv danach. Ich stemmte meine Beine in den Boden und hielt das Seil so straff ich konnte. Meine Hände waren es nicht gewöhnt, solches Gewicht zu halten und die Strömung machte es nicht leichter. Meine Armmuskeln brannten. Das frostige Wasser vergaß ich schnell und Schweißtropfen machten sich auf meiner Stirn breit.
Mei Jing beeilte sich, voranzukommen. Er hatte das Ufer fast erreicht, als ich im Mondlicht eine spitze Fischflosse aufsteigen sah. Sie schimmerte tatsächlich weiß. „Beeil dich! Da kommt ein Hai!", rief ich ihm entgegen. Mei

Jing drehte nur kurz den Kopf zur Seite, um zu sehen, dass der große Räuber direkt auf ihn zusteuerte. Mit viel Schwung war er mir seine Plastiktüte entgegen, die mich nur knapp verfehlte.

Mit aller Macht versuchte ich, das Seil noch strammer zu ziehen. Von meiner Position aus konnte ich im klaren Wasser erkennen, dass der Hai ungefähr eineinhalb Meter lang war. Sein ergonomischer Körper schlängelte sich siegessicher voran. Mei Jing hatten nun zwei frei Hände, sodass er leichter vorankam. Mit einer letzten Ruck zog er sich ans Ufer, gerade in dem Moment, als der Hai das Maul mit den scharfen Zähnen öffnete.

Der Raubfisch biss ins Leere und drehte noch ein paar Kreise, bevor er in die Richtung zurückschwamm, aus der er gekommen war. Ich lag am Ufer und keuchte. Mei Jing ging es nicht viel besser. „Das war ganz schön knapp", brachte ich zwischen zwei tiefen Atemzügen hervor. „Aber wir haben es geschafft", ergänzte er, als wäre meine Aussage nicht ausreichend gewesen. Das Adrenalin in meinen Adern ließ etwas nach und eine tiefe Müdigkeit wollte sich meiner bemächtigen. Doch zum

Schlafen würde noch Zeit genug sein, wenn wir wieder frei waren.

Ich lag auf dem Rücken und jeder Knochen in mir war wenig berauscht von der Idee aufzustehen. Sie hatten keine Wahl. Ich brachte meinen Oberkörper in eine sitzende Haltung. Wieder bemerkte ich den stechenden Blick von Mei Jing. Doch es störte mich nicht mehr. Sollte er doch gucken. Ich griff nach meiner Plastiktüte und stellte hocherfreut fest, dass meine Klamotten tatsächlich trocken geblieben waren.

Zusätzlich packte ich das Messer wieder aus dem Rucksack und als sich das weiche Leder des Griffs in meine Hand schmeichelte, durchlief mich ein tiefes Glücksgefühl. Ich sah zu Mei Jing und lächelte. Verschüchtert wich er meinem Blick aus. Wurde er etwa rot? Oder änderte sich das Licht, weil die Nacht voranschritt? Ich vermochte es nicht zu sagen. Er räusperte sich laut und griff dann zu seiner eigenen Tüte.

Als ich wieder angezogen war, fühlte ich mich wieder sicherer. „Ich bin schon gespannt, wie der Jaguar dieses Reviers heißt." Mein verschmitztes Grinsen wich schnell einer bangen Ahnung, als ich Mei Jings Gesichtsausdruck sah. „Ñarô, der Wilde. Wenn du vor Guasu schon Angst hattest, solltest du dich jetzt richtig fürchten! Er ist unberechenbar und hat schon zwei Artgenossen brutal getötet." Ich schluckte. Das war ja sehr beruhigend. Noch ein Wahnsinniger in diesem irrsinnigen Urwald.

Mei Jing ging wieder voran; er schaute sich jetzt noch mehr um als bisher. So sehr ich vorher den weichen Boden begrüßt hatte, war ich nun dankbar, dass der Untergrund wieder fester wurde. Die pflanzliche Vegetation wurde dichter und damit reduzierte sich auch das Licht. Wir schlichen durch den Dschungel wie zwei Spione auf geheimer Mission. Der Vergleich war nicht weit von der Realität entfernt.

Ich spürte wieder die Druckstellen meiner Schuhe. Am Ende der Nacht würden daraus grässliche Blasen werden. Aber unser Ziel rückte näher und dafür nahm ich jegliche Unannehmlichkeiten in Kauf. Die Nachtaffen begleiteten unseren Weg und ihr Konzert gefiel mir allmählich. Die Zikaden und Frösche begleiteten sie mit zweiter und dritter

Stimme, ab und an gönnte sich ein Vogel einen Solopart.

Und dann verstummte der Wald plötzlich. Mei Jing blieb stehen und ich ahnte Böses. Die Situation war ähnlich wie die mit Lélee. Ein großer Jaguar lag in gespannter Duckhaltung hinter einem Wurmfarngarten. Ich dachte an die Taschenlampe, aber wir befanden uns bereits zu nah am Hauptstützpunkt. Die Taktik des langsames Weggehens hatte beim letzten Mal auch gebracht, trotzdem schien es sinnvoll zu sein, die Distanz zu vergrößern. Vorsichtig schlichen wir rückwärts. Ich ging an Mei Jings rechter Seite und versuchte, hinter einen der großen Bananenbäume zu gelangen. Doch ich übersah eine Luftwurzel und fiel der Länge nach hin. Auf dem Rücken liegend sah ich, wie die Raubkatze lossprang - Ñarô rannte direkt auf mich zu, denn nun war ich leichte Beute.

Der Jaguar hatte aber nicht damit gerechnet, dass sich Mei Jing vor mich stellte und damit den Weg versperrte. Das wilde und sicherlich hungrige Männchen hielt weiterhin seinen Angriffskurs, aber mitten im Sprint machte er einen Satz und sprang vom Boden ab. Mei Jing wusste, dass Ñarô es auf seine Gurgel abgesehen hatte, doch er konnte sich nicht wegdrehen, weil das Tier sonst auf mich losgegangen wäre.

Ich rappelte mich wieder auf und ergriff das Messer. Die Klinge glänzte im Mondlicht. Mei Jing stand wie paralysiert vor mir, unschlüssig, was er tun sollte. Für ihn waren diese Kreaturen heilig. Er konnte den Wilden unmöglich töten. Ich schon.

Dieses Schauspiel dauerte nur Sekunden und doch war es für mich ein entscheidender Wendepunkt. Das Monstrum hatte das Maul schon weit geöffnet und die Krallen ausgefahren, als ich mich vom Baum abstützte und die Messerspitze mit aller Kraft nach vorne rammte. Sie drang ohne Widerstand in die Kehle des Jaguars. Ohne ein letztes Miauen fiel das Tier zu Boden wie ein Stein.

Mei Jing sah bestürzt zur toten Katze und dann zu mir. Ich atmete schwer, aber zufrieden. Blut tropfte von meiner Klinge. Eine Bestie weniger, dachte ich und im gleichen Augenblick fragte ich mich, ob ich damit eine Neue erschaffen hatte. „Danke", sagte Mei Jing kurz und ich erwiderte nur: „Gern geschehen."

Ich wischte meine Waffe mit einem großen

Bananenblatt sauber und steckte sie zurück in meine Tasche. Das Messer fühlte sich jetzt anders an. Mächtiger. Nun war Mei Jing nicht mehr der einzige Mörder in diesem Duo. Ich verstand nun, warum er zum Töten fähig war. Es ging einzig und allein ums Überleben. „Kill or be killed."

Wir ließen Ñarô zurück und gingen weiter Richtung Norden. Wir bewegten uns freier, denn bis zum nächsten Revierwechsel gab es nichts mehr, dass uns an den Kragen gehen wollte. Ich nutzte die Zeit, um eine Frage zu stellen, die mir schon länger unter den Nägeln brannte. „Wo kommst du eigentlich her?" Mei Jing sah mich überrascht an:

„Aus Paraguay ursprünglich. Aber mein Vater kommt aus Kalifornien, ist aber gebürtiger Chinese. Daher mein Name. Ich bin in San Pedro geboren und aufgewachsen. Meine Eltern haben sich getrennt, als ich fünf war. Mein Vater ist dann zurück nach Amerika gegangen und als ich die Schule hinter mir hatte, wollte ich unbedingt zu ihm, um ihn richtig kennenzulernen. Das war eine Fehlentscheidung."

Ich drängte mich durch ein Lianengestrüpp,

während ich das Gehörte verarbeitete. Es erklärte für mich so einiges. Die Sprachen, das Aussehen, die Verbitterung. „Und wo kommst du her?" Das plötzliche Interesse ließ mich straucheln. Eine kleine Bodenerhebung hatte ich nicht gesehen. „Ich komme aus L.A., ich bin dort aufgewachsen. Mein Vater ist... war ein kroatischer Regisseur. Meine Mutter ist in der Politik." Ich kicherte kurz: „Wir kommen beide aus Kalifornien." Mei Jing hielt direkt inne: „Komme mir jetzt nicht wieder mit dem Wort Zufall. Das solltest du mittlerweile besser wissen." Ich lachte und hob beschwichtigend die Hände:
„Schon gut, schon gut! Du hast ja Recht. Wie viele Jaguarreviere müssen wir noch durchqueren?" Ein Themenwechsel bot sich an, bevor die Stimmung wieder kippte. „Nur noch eins. Bald sind wir in Kambas Reich. Er ist eigentlich recht friedfertig, aber wir werden Probleme haben, ihn rechtzeitig zu entdecken. Kamba ist ein schwarzer Jaguar."
Verwundert hob ich die Augenbrauen: „Die Pantherfärbung gibt es bei denen auch? Das wusste ich gar nicht." Mei Jing nickte nur. Seine gesprächige Zeit schien beendet. Mit den

nächsten Metern fragte ich mich, ob unser Plan funktionieren würde. Hatten die Wachposten ihren Stützpunkt wirklich verlassen? Was würde geschehen, wenn welche die Stellung gehalten hatten? Doch meine Gedanken wurden von einem Zischen unterbrochen. Mei Jing schrie auf und fiel zu Boden. Ein weiter Schuss verfehlte mich knapp.

Sofort duckte ich mich und zog Mei Jing hinter den Stamm einer riesigen Palme. Ich sah, dass er an der linken Schulter getroffen war, aber es sah nach einem Streifschuss aus. „Ist das der West-Wächter?", flüsterte ich leise. Mei Jing nickte und biss weiter die Zähne zusammen. Durch das Rascheln im Gebüsch hörte ich, wie der Mann näher kam.

Hoffentlich stand der Wind günstig, denn sonst hatten alle die zwei Schüsse gehört. Wir mussten ihn irgendwie ausschalten, bevor er nochmal schießen konnte. Während Mei Jing darauf hoffte, die Blutung schnellstmöglich zu stoppen, zückte ich mein Messer.

Ich war bereit. Was ich einmal gemacht hatte, konnte ich wieder tun. Ich atmete ruhig ein und aus, schloss kurz die Augen, um die Entfernung einzuschätzen. Der Wächter bewegte sich schnell. Auch er war entschlossen, das Nötige zu tun. Meine Hand schloss sich fester um den Ledergriff. Langsam glitt ich am dicken Stamm hoch, bis ich wieder stand.

Die Schritte waren jetzt ganz nah. Ich versuchte, mir im Geiste vorzustellen, welche Körperstellen ich treffen musste, um einen schnellen Tod herbeizuführen. Der Hals hatte bei dem Jaguar gut funktioniert, aber das war Glück gewesen. Darauf wollte ich mich nun lieber nicht verlassen.

Ich positionierte mich mittig, weil ich nicht wusste, von welcher Seite er angreifen würde. Allmählich verließ mich meine innere Ruhe. Adrenalin peitschte mich hoch. Jeder Muskel war zum Zerreißen gespannt. Jeden Moment würde es passieren. Der Wächter kam von rechts. Für mich als Linkshänder ungünstig, denn der Führungsweg wurde dadurch länger. Ich reagierte zu spät, sodass sich die Klinge in seine rechte Schulter bohrte, anstatt auf das anvisierte Herz. Damit konnte er die Pistole nicht mehr halten, sodass sie zu Boden glitt. Aber er war keinesfalls unschädlich. Mit der anderen Hand griff er meinen Arm, drehte ihn herum und wollte mich festhalten. Mein rechter

Ellenbogen rammte sich automatisch in seinen Rumpf, mit einem Ruck stieß ich den Kopf nach hinten und mit dem linken Fuß trat ich mit voller Wucht sein Knie zur Seite. Der Wächter brach zur Seite weg und ich wollte gerade mit dem Messer den finalen Stoß ausführen, als ein schwarzes Monster von einem höher gelegenen Ast heruntersprang.

Ich war so erschrocken, dass ich über eine Wurzel stolperte und hinten über fiel. Schnell krabbelte ich zu Mei Jing. Der westliche Wachposten schrie auf und dann knackte es laut. Der Wald verstummte. Ich hievte den Verwundeten hoch und kehrte der blutigen Szenerie den Rücken zu. Kambas Fresslaute brannten sich tief in meine Erinnerungen ein. Wir liefen immer weiter.

Als wir aus der Sicht des Jaguars waren, hielten wir kurz inne, um die Wunde richtig zu versorgen. Nach Mei Jings Anweisungen reinigte ich sie und verband sie mit Stoff, dass ich meiner Hose entriss. Schon hier erkannte man das Ende des Dschungels. Der Boden wurde sandiger und Pflanzen kleiner. Die Nacht ging langsam aber sicher zu Ende. „Du warst mutig vorhin", sagte Mei Jing mit Anerkennung in der

Stimme. „Für den letzten Schritt des Plans musst du aber noch eine Schippe drauflegen."
Ich wusste, dass er recht hatte. Wir tranken und aßen noch etwas, denn die letzte Aktion hatte uns viel Kraft gekostet. Dann liefen wir weiter und die Geräusche des Waldes wurden leiser und die Wellen des Ozeans lauter.
Als der Hauptstützpunkt in Sichtweite kam, war ich ein wenig enttäuscht. Prinzipiell sah dieser Standort aus wie der andere, jedoch schienen die drei Gebäude größer zu sein. Der kleine Hafen lag in einer Bucht. Am Anleger lagen fünf Boote. Ein großes weißes Motorboot, dass mich an unsere Yacht erinnerte, zwei kleinere Segelboote in grün und braun und zwei kleine Halbgleiter mit den gleichen Farben.
Ich fragte mich zwar, wozu sie diese Auswahl hatten, aber ich war froh, überhaupt passende Transportmittel vorzufinden. Zuerst mussten wir herausfinden, wie viele Wachposten noch vor Ort waren. Dann mussten diese so ausgeschaltet werden, dass sie die Übrigen nicht mehr alarmieren könnten. Als Versteck diente uns eine kleinere Felsformation, die am Rande des Dschungels lag.
Von hier aus hatten wir eine gute Sicht und da

es bereits dämmerte, fiel uns das Beobachten leichter. „Gibt es eigentlich Fahrzeuge auf der Insel? Oder sind die anderen auch zu Fuß unterwegs?" Mei Jing schaute mich irritiert an und ich wunderte mich selbst, dass ich die Frage nicht schon eher gestellt hatte. „Nein, keine Fahrzeuge. Sonst wäre unser Plan auch Blödsinn gewesen." Ich nickte.

Zwei Wächter standen draußen und unterhielten sich. Von den Restlichen war bisher nichts zu sehen. Ein Gedanke brannte mir auf der Zunge, doch ich mir nicht sicher, wie er bei Mei Jing ankommen würde. Es kostete mich einige Überwindung, es laut auszusprechen: „Weil es schon langsam hell wird, schlage ich eine kleine Planänderung vor."

Gerade kam aus einem Gebäude ein dritter Wächter heraus. „Da bin ich ja mal gespannt, was du vor hast." Ein leicht spöttisches Grinsen zog über sein Gesicht. Ich versuchte, so sicher wie möglich zu wirken: „Fakt ist: Die Nacht ist so gut wie vorbei und damit auch unserer Überraschungsmoment. Fakt ist auch: Wir haben keine Ahnung, ob dort drei oder zehn Wächter sind. Meine Idee: Wir gehen von einer lautlosen zu einer lautstarken Taktik über."

In seinem Kopf schien es zu rattern: „Erzähle weiter." Ich atmete tief durch, um weiter ins Detail zu gehen: „Wir haben die gleichen Waffen wie die. Wenn wir die drei dahinten von hier erschießen, kommt der Rest herausgestürmt und wir wissen dann die Zahl der Anwesenden minus drei. Richtig?" Er nickte nur. „Wenn wir hier alle erledigt haben, holen wir die anderen per Funk zu uns zurück. Dann haben wir einen Hinterhalt vorbereitet. Wenn keiner mehr lebt, kann uns auch keiner folgen."
Mei Jing sah mich entgeistert an: „Du willst alle töten?" Jetzt war es an mir, irritiert zu schauen: „War das nicht dein Grundgedanke von Anfang an?" Nun wirkte er bestürzt: „Na ja, so viele wie nötig sein würden, um den Plan umzusetzen. Um von hier wegzukommen." Ich verschränkte die Arme. „Bist du überhaupt ein guter Schütze? Sonst übernehme ich das lieber. Schon als Kind hatte ich Schießunterricht."
Meine Entschlossenheit schien ihm Angst zu machen. Wer hätte das gedacht? Ihm war nicht wohl bei der Sache. Trotzdem händigte er mir eine der Pistolen aus. Sie hatte sogar einen Schalldämpfer. Ärgerlich nahm ich ihm die Waffe aus der Hand. Die hätte uns vorher auch

schon helfen können. Ich wusste nicht, dass er sie hatte.

Als die kalte Halbautomatik in meiner Hand lag, überschwappte mich eine Reihe Kindheitserinnerungen. Schießübungen im Garten, auf Cola-Dosen. Das blecherne Geräusch, wenn sie herunterfielen. Im Wald waren wir jagen, aber wir haben nie ein Tier geschossen. Nun zielte ich auf Menschen und es war nichts Erhabenes daran.

Schnell musste ich sein, sonst gab ich ihnen zu viel Zeit zum Verstecken. Die drei standen dicht beieinander. Nichts ahnend. Mein Zeigefinger lag ruhig am Abzug, meine Arme waren ausgestreckt. Ich übte einmal kurz, wie weit ich den Winkel jeweils verändern musste. Es war fast windstill, das gab mir Sicherheit. Die kleine Gruppe ahnte nichts, aber Mei Jing hielt den Atem an. Ich schloss kurz die Augen, um mich zu konzentrieren. Dann öffnete ich sie wieder und drückte dreimal ab. Zuerst Mitte, rechts, links. Bevor sie wussten, was geschah, sackten die drei Männer in sich zusammen. Ich hatte nicht einmal mit der sprichwörtlichen Wimper gezuckt. Diese Kaltschnäuzigkeit kannte ich von mir nicht, aber sie half, dieses

Szenario zu überstehen. Nun würde sich zeigen, viele noch übrig waren. Ich hatte erneut getötet und ich fühlte nichts Schlechtes daran. Vielleicht hatte ich meine Moral im Inneren des Dschungels verloren. 17 Kugeln standen mir in diesem Magazin noch zur Verfügung. Es stand außer Frage, dass ich sie benutzen würde.

Mein Messer lag nun vorerst nutzlos in meiner Hosentasche. Mei Jing hielt seine beiden bereits fest umklammert. Es dauerte eine Weile, bis ein weiterer Wächter herauskam und den Tod seiner Kameraden bemerkte. Panisch drehte er sich zu allen Seiten um, aber zögerte einen Moment zu lange.
Die nächste Kugel traf die Mitte seiner Brust. Er blickte noch auf das Eintrittsloch, bevor er zusammensackte. Dann kam niemand mehr hinaus. Mir kam das komisch vor. „Wir müssen näher heran", flüsterte ich. „Die wissen jetzt, dass wir da sind." Es war nur eine Frage der Zeit, bis ein Funkspruch durchgegeben wurde. Prompt knackte das Funkgerät: „Mayday, mayday, auf uns wird geschossen! Vier Männer sind bereits tot. Brauchen dringend Unterstützung! Over."

Nur Sekunden später kam die Antwort: „Mayday erhalten. Sind schon auf dem Rückweg. Nördlicher Stützpunkt gänzlich lahm gelegt. Over and out." Ich grinste zufrieden. Die sollten ruhig herkommen. Es konnten maximal fünf Leute sein, je nachdem, wie viele Männer bei dem Funker waren. Leider gab es auf dem Weg zum Eingang keinerlei Schutzmöglichkeiten. Es war gut möglich, dass die Wachposten bereits hoch bewaffnet darauf zielten.

„Wir bleiben hier und warten auf die Verstärkung. Erstens wissen wir dann, wie viele noch in den Gebäuden sind. Und zweitens dürften die da drinnen ziemliche Panik kriegen, wenn die Hilfe stirbt, bevor sie ankommt." Die Insel erwachte langsam. Die Brüllaffen hatten anscheinend ausgeschlafen. Die Vögel wurden aktiv und die Insekten wieder penetranter...

Es dauerte ungefähr zwanzig Minuten, bis die kleine Gruppe der Wachposten um die Ecke kam. Im Hauptstützpunkt hatte sich niemand mehr bewegt. Sie liefen schnell und kontrolliert. Aber sie gingen wohl davon aus, dass wir bereits drinnen waren, denn sie rannten stumpf an uns vorbei.

Erneut hielt ich die Waffe mit beiden Händen fest, um bessere Standhaftigkeit zu gewährleisten. Ich wurde selbstbewusster und wartete, bis sie sich vor dem Eingang befanden. Die anderen sollten sehen, was passiert. Ich drückte vier mal ab. Die Unterstützung sank leblos zu Boden. Einer hatte noch die Kraft, sich in unsere Richtung zu drehen, aber das half ihm auch nicht.

„Zwei Gegner sind noch übrig. Möchtest du die Ehre haben?" Ich hörte mich an, wie ein süchtiger Computerzocker. Unser Finalkampf war aber echt. Nach Game over gab es keinen Neustart. Mei Jing konnte noch nicht gut mit meinem neuen Selbstvertrauen umgehen. Etwas eingeschüchtert sagte er:

„Der Eingang ist uns versperrt, weil sie nun wissen, aus welcher Richtung die Schüsse kommen. Wir müssen von der Seite angreifen. Einer links, einer rechts?" Ich nickte, obwohl ich mir nicht ganz sicher war, dass das so einfach klappen würde. Die Wächter waren nicht blöd, vielleicht rechneten sie damit.

Ich schlich mich links herum, von Baum zu Baum, bis keiner mehr übrig war. Der Weg zum Zaun war kurz, aber um darüber zu steigen, musste ich die Pistole wegpacken. Ich würde in der Zeit ziemlich schutzlos sein und das gefiel mir gar nicht. Zu meinem Vorteil zählte ich, dass auf dieser Seite kein Fenster vorhanden war. Die Kameras waren ja ausgeschaltet.

Ich nahm Anlauf und rannte förmlich den Zaun hoch. Beim Abstützen versuchte ich, dem Stacheldraht so gut es ging auszuweichen, aber zwei kleine Spitzen bohrten sich doch in meine Handinnenflächen. Wütend schluckte ich den Schmerz hinunter und sprang am Zaun hinunter. Ich ergriff sofort die Pistole, denn lautlos war das nicht gewesen. Es stürmte aber niemand heraus. Ich ging links herum, weil ich davon ausging, dass der Aufbau hier im Prinzip der gleiche war wie beim nördlichen Stützpunkt.

Dadurch konnte ich zusehen, wie Mei Jing seinerseits den Zaun überwand. Es sah wesentlich eleganter aus. Aus dem Stand sprang er am Zaun hoch, krallte sich kurz unterhalb des Stacheldrahtes in den Maschendrahtzaun, zog mit Schwung die Beine nach oben und machte eine Rolle. Er landete viel leiser auf dem Boden und der Zaun hatte kaum gewackelt.

Ich hob den Daumen, dass alles okay war. Die

beiden übrig gebliebenen Wächter befanden sich in der Schaltzentrale. Davon ging ich jedenfalls aus. Als Mei Jing an der Kaserne vorbeiging, öffnete sich plötzlich eine Tür. Ohne zu zögern, warf er beide Messer in die Richtung. Das eine bohrte sich in den Bauch, das andere riss den Hals auf. Mit einem letzten Röcheln sank er zu Boden.

Mei Jing holte seine Messer zurück. Beim Herausziehen aus dem Bauch vergrößerte er die Wunde durch die geriffelte Seite und ich sah die Gedärme herausquillen. Ein Bild, dass mich zwar ekelte, aber ich verspürte keinerlei Brechreiz. Mit gezielten Schritten ging ich auf das mittlere Gebäude zu.

„Komm ruhig heraus! Dort drinnen bist du auch nicht sicher." Anscheinend hatte Mei Jing seinen Spaß am Töten wiedergefunden. „Ihr habt uns unser Leben genommen. Dafür nehmen wir jetzt eures. Tit for tat." Es rührte sich nichts. Ich war an der Tür angekommen. Sie war verschlossen. Ich rüttelte daran, doch sie ließ sich nicht öffnen.

„Jetzt mach es uns doch nicht so schwer. Es wird auch ganz schnell gehen." Wir schlichen zum ersten Fenster. Ich war mir nicht sicher, ob hier nicht Sicherheitsglas verwendet wurde. Vorsichtig warf ich einen Blick in den großen Raum, konnte aber niemanden entdecken. Natürlich kannte der Wächter die toten Winkel. Ohne weiter nachzudenken feuerte ich auf die Mitte der Glasscheibe und zu meiner Verwunderung zerbröselte sie sofort in tausend kleine Stückchen. Wie eine Raubkatze sprang Mei Jing in den Raum und fand den letzten Wachposten kauernd unter einem der Schreibtische. Starr vor Angst schaute er in das hasserfüllte Gesicht. Mei Jing zögerte einen Moment. Erst dachte ich, er wolle den Moment genießen, aber dann erkannte ich, dass er begriff, das gleich das Schlimmste vorbei sein würde.

Das Messer schwang nach vorne und traf zielsicher das Innere des Herzens und diesmal drehte er die Klinge zweimal um. Während ihm das Blut aus dem Mund quoll, kippte er nach vorne über. Mei Jing ließ das Messer stecken. Er brauchte es nicht mehr. „Machen wir, dass wir hier wegkommen."

Wir liefen den kleinen Hafen entlang. Die Sonne war mittlerweile aufgegangen und der Dschungel sah vom Strand aus wie ein Paradies.

Wir entschieden uns für eines der Halbgleiter. Der Tank war gut gefüllt und die Richtung war klar. Die leichten Wellen schaukelten uns über den Ozean. Als ich noch einmal zurückblickte, fragte ich mich, wie lange es dauern würde, bis die Natur unsere Gräueltaten überdeckt hatte.

Wir hatten uns aus dieser Hölle befreit, aber der Preis dafür war hoch. Ein Stück unserer Menschlichkeit würde für immer auf dieser Insel bleiben.

Das GayRomeo-Prinzip

Ich parshipe nicht, verliebe mich auch nicht über ElitePartner.de. Mich findet man auch nicht bei Fischkopf oder wie die Seiten alle heißen. Virtuell lebe ich in PlanetRomeo.

Haben Sie schon mal eine Nadel im Heuhaufen gesucht? Bei den sogenannten „Blauen Seiten" finde ich diese in schwuler Form präzise und zielsicher. Hier gibt es alles, was die Gesellschaft zu bieten hat – und mehr, sofern sie schwul, bisexuell oder trans ist. Heterosexuellen ist der Zutritt verwehrt und schon so manche Freundin, der ich Einblicke gewährte, fand das Prinzip dieses Kennenlern-Portals unglaublich effektiv.

An dieser Stelle muss ich aber eingestehen: Das System hinkt. Richtig effizient wäre es nur dann, wenn alle beteiligten User dazu bereit wären, glaubhaft und ehrlich alle notwendigen Daten einzugeben und für die Gemeinschaft zur Verfügung zu stellen. Die Angaben, die letztendlich im Profil landen, sind nicht nur freiwillig, sondern laden dazu ein, manipuliert zu werden.

So wundere ich mich häufig über die ganzen 100-jährigen, die sich mein Profil anschauen. Klickt man dann auf dessen Foto-Galerie findet man häufig mitten im Lebenssaft stehende Männer, die fröhlich ohne Falten in die Kamera grinsen. Wozu diese Geheimniskrämerei gut sein soll – darauf habe ich noch keine Antwort gefunden.

Auch wenn es mittlerweile PlanetRomeo heißt, bleibt für mich die Abkürzung GR für GayRomeo erhalten. Erst nach meinem Outing wies mich ein Bekannter auf dieses Portal hin, mit dem Zusatz, dass es mit Vorsicht zu genießen sei. Damals verstand ich noch nicht, was er damit meinte. Er bezog seine Warnung auf die viele Faker, ein Begriff, den ich damals noch nicht einmal kannte. Diese Typen schreiben dich an, erzählen dir, wie toll du bist, wie gern sie dich kennenlernen wollen, schreiben dir jeden Tag, bauen eine emotionale Beziehung auf – und wenn dann das erste Treffen ansteht, kneifen sie, meist mit einer profanen Ausrede, die nicht mal sonderlich glaubhaft klingt.

Wenn man häufiger von solchen lebensfremden Flachwichsern versetzt wird, geht man das Ganze skeptischer an. Viele fliegen bei mir mittlerweile schon beim ersten Satz auf. „Hey, tolles Profil!" ist beispielsweise ein Kompliment, bei dem ich schon hellhörig werde. Was nett klingt, bedeutet eigentlich: „Ich vermenschliche deine Webpräsenz und mehr brauche ich von dir gar nicht."

Vielleicht liegt das an dem ausgeklügelten Schubladen-System, dass GR so professionell angelegt hat, dass es solche Wahrnehmungsstörungen provoziert. Allein die Suchfunktion ist so hanebüchen detailliert, damit auch kein potentieller Kandidat durchs Raster fällt. Beispielsweise könnte ich nach einem Mann suchen, der blonde kurze Haare und braune Augen hat, 1,91 Meter groß ist, 86 Kilo wiegt, 26 Jahre alt ist, der Tattoos hat, Nichtraucher und vom Sternzeichen her Krebs ist, der eine Beziehung sucht, Rockmusik hört, auf Abenteuerreisen steht, gerne ins Kino geht, Fotografie als Hobby hat, gerne Fahrrad fährt, im Bett lieber aktiv ist, dessen Schwanzgröße mit L zu bewerten ist und Sneakers als Fetisch hat – ach ja, und natürlich maximal 10 Kilometer entfernt wohnt.

Bei derzeit über 130.000 angemeldeten Usern weltweit besteht sogar eine gewisse Chance, dass solche Suchen sogar mit Ergebnissen belohnt werden. Aber diese Möglichkeit macht wählerisch. Und birgt der Gefahr, dem optischen Wettbewerb zu verfallen. Natürlich gibt es auch eine Bewertungsfunktion, der mit den meisten Klicks wird belohnt. Und nicht nur bei Facebook und Twitter gibt es Shitstorms – auch hier kann man Menschen mit Leichtigkeit fertigmachen. Null Punkte bleiben nun mal Null Punkte.

Seit dem letzten Jahr wurde die Standort-Funktion verbessert. Wenn man mit der mobilen „Touch"-Version unterwegs ist, verändert sich im Profil automatisch der aktuelle Ort, an dem man sich befindet. Vor kurzem hatte ich abends ein wenig Langeweile und habe mal geschaut, wieviel Schwuppen in einem Radius von 500 Metern von mir entfernt waren. Die schockierende Zahl: 12! Und ich saß alleine zu Hause herum. Keinen dieser Typen ist mir jemals im realen Leben begegnet. Jedenfalls scheinen sie mir, falls doch, nicht weiter aufgefallen zu sein.

Eine ganz interessante Spezies sind die sogenannten „Pic-Sammler". Das sind Männer, die nicht wirklich auf der Suche nach neuen

Bekanntschaften sind, sondern lediglich Wichs-Vorlagen sammeln. Von wem ist völlig egal. Hauptsache, es werden stündlich, besser noch minütlich, mehr. Diese Manie, erotische Fotos anderer Männer zu sammeln möchte ich fast schon Krankheit nennen, denn es macht hochgradig süchtig. Die Unsinnigkeit dieser Beschäftigung brauche ich hier nicht weiter erläutern.

Man könnte vermuten, dass ein realer Körper, den man sogar anfassen kann, interessanter ist, als tausende schlecht gemachter zweidimensionaler Bilder aus den weltweiten Web. Doch der Hype hält an und mit den neuesten Selfie-Techniken werden die Selbstdarsteller immer kreativer und heizen den Pic-Sammlern noch mal richtig ein.

Eine besondere Kategorie ist noch erwähnenswert: die Profil-Schwafler. Diese User haben das dringende Bedürfnis ihre ganze Lebensgeschichte in den Profiltext zu schreiben, gespickt mit Gedichten bekannter Autoren, einer Liste aller jemals favorisierten Bands und mit einer strikten Aufzählung, wer sich melden darf und wer nicht.

Diese Männer begreifen einfach nicht, dass wir keinen Roman lesen wollen – und wenn doch, dann nicht bei GR. Was soll man noch kennenlernen, wenn alles Wissenswerte bereits im Text steht? Mal davon abgesehen, dass sich die meisten sowieso nicht die Mühe machen, das Ganze zu lesen.

Andererseits kann ein halbwegs längerer Text auch ein gutes Filtersystem sein. Ich habe am Ende meines Profiltextes meinen Spitznamen angegeben. Spricht mich also jemand in der ersten Message damit direkt an, weiß ich, dass der zumindest bis zum Ende der Seite gescrollt hat. Ob dieser den Text dazwischen gelesen hat, ist dann zweitrangig.

An dieser Stelle kann ich auch gleich mit einem Gerücht aufräumen, dass sich hartnäckig vor allem in der heterosexuellen Männerwelt hält: Auf die Größe kommt es nicht an, die Technik zählt. Nun ja, prinzipiell eine nette Theorie, aber wer schon einmal Möhren geraspelt hat, weiß, dass es mit größeren Exemplaren einfach schneller geht. Und die Befriedigung ist stärker, weil die Chance bei den kleinen Dingern viel größer ist, sich die Fingernägel abzusäbeln. Mehr Arbeit, mehr

Verlust-risiko – also warum sich quälen?

Um dieses Problem zu umgehen, gibt es ja den sogenannten Schwanz-o-meter. Den kann man sich kostenlos auf den blauen Seiten herunterladen, auf DIN-A4 ausdrucken, ausschneiden, abmessen und dann kann man sicher das entscheidende Profilfeld ausfüllen. Auch die lästige Frage, wo L aufhört und XL anfängt, wird damit umgangen – das ist alles farblich gekennzeichnet und selbst ein Schimpanse könnte sich problemlos einsortieren.

Am liebsten würde ich hier noch auf die kreativen Ideen für Nicknames eingehen, aber diesen Punkt spare ich mir. Die Bandbreite an pseudo-cleveren Wortkreationen gibt es nicht in der Romeo-Welt, sondern auch bei allen anderen Chatportalen.

Abschließend erwähne ich lieber, dass ich mithilfe dieser faszinierenden virtuellen Plattform viele interessante Erfahrungen machen durfte, sowie positive als auch negative. Solange niemand etwas Besseres ent-wickelt, bleibe ich auch dort. Doch die Männer, die sich nachhaltig in mein Herz geschlichen haben, mit denen ich Partnerschaften einging, die habe ich alle offline in der realen Welt kennengelernt. Moderne Zeiten hin und her – wenn ihr das nächste Mal bei EDEKA an der Kasse steht, schaut euch einfach mal um, vielleicht steht dort ja schon Euer Mr. Right bereit.

Der letzte Fahrgast

Malam hoffte darauf, dass niemand auf die Idee kam, sein Taxi in dieser Nacht in Anspruch zu nehmen. Er hatte aus Langeweile im Internet nach Dissertationen zum kostenlosen pdf-Download gegoogelt.

Überrascht hatte er sich durch die vielen Seiten seines Smartphones gewischt und dabei eine entdeckt, in der das Verhalten von ß-Carotin und Vitamin E in Teigwaren untersucht wurde. Das Taxifahren bezahlte zwar am Ende des Monats die Miete, aber seine Leidenschaft für die Wissenschaft generell schien grenzenlos zu sein und daher verschlang er alles, was er finden konnte.

Auch wenn er vielleicht so aussah, entsprach er nicht einmal annähernd dem Klischee des klassischen Taxifahrers. Viele der einsteigenden Gäste versuchten anfangs, den Zielort mit Händen und Füßen zu beschreiben, weil sie davon ausgingen, dass er aufgrund seines exotischen Aussehens unmöglich die hiesige Sprache sprechen konnte.

Wenn er dann auf bestem Nörder Platt mit

eloquenter Ausdrucksweise antwortete, verstummten mehr als die Hälfte vor Scham und Überraschung. Wie konnte es sein, dass so ein Inder im Taxi so gebildet daherkam? Malam grinste bei dem Gedanken an die perplexen Gesichter. Nicht nur war er in Ostfriesland geboren und aufgewachsen, er war eigentlich indonesischer Abstammung, aber das erkannten die wenigsten.

Immer tiefer versanken seine espressofarbenen Augen in die Doktorarbeit und Malam freute sich über das neu erworbene Wissen. Weizen konnte tatsächlich hexaploid, also mit einem sechsfachen Chromosomensatz gesegnet sein. Außerdem, so lernte er, befanden sich die Vitamine des Weizens hauptsächlich im Keimling und im Skutellum, dem Verbindungsorgan zwischen Keimling und Mehlkörper.

Als er entdeckte, dass die PIN-Gene des Proteins Friabilin auf dem Chromosom 5d lokalisiert wurden, klopfte es plötzlich an seine Fensterscheibe. Frustriert legte er das Handy an die Seite und betätigte den Schalter, um das Glas herunterfahren zu lassen. Eine kalte Brise wehte herein und Malam wunderte sich, dass es regnete. Er hatte den Wetter-

Umschwung gar nicht mitgekommen.

„Können Sie mich nach Berumbur bringen?", fragte ein junger Mann um die 20. Eine hellbraune Tolle wurde allmählich vom Regen nach unten gezwungen und ein Paar dunkelblauer wacher Augen hoffte auf eine positive Antwort.

„Klar kann ich das. Wohin denn genau?"

Die vollen Lippen verzogen sich zu einem attraktiven Lächeln und die schon nasse Jacke wurde bereits dunkler. „Steig erst mal ein, bevor du dir noch eine Erkältung zuziehst." Malam siezte aus Prinzip nur Menschen, die älter waren als er selbst. Mit seinen 46 Jahren durfte er sich das durchaus erlauben.

Während der junge Mann um das Auto herumging, dachte Malam darüber nach, warum dieser an einem Mittwoch Abend in Berumbur wollte. Seine Schwester wohnte dort und in diesem kleinen Dorf gab es eigentlich nichts Spannendes. Es war nicht einmal halb neun und es sah nicht so aus als hätte der neue Gast Einkäufe dabei. Die schwarze lederne Umhängetasche schien jedenfalls halbwegs leer zu sein.

„Zum Kiesauer Trift 15", sagte der junge Mann, während er sich die Jacke auszog. Darunter kam ein weißes Shirt mit großzügigem V-Ausschnitt zum Vorschein. Aufgrund der kalten Temperaturen zeichneten sich die aufgestellten Brustwarzen durch den halb transparenten Stoff ab. Malam schmunzelte süffisant, als er den Motor anließ.

Beim Anschnallen drückte sich der schwarze Gurt eng an die definierten Muskeln: „Weißt du, wo das ist?" Offenbar hatte sich der Beifahrer ebenfalls für eine lockere Atmosphäre entschieden und so fuhr Malam konzentriert vom Marktplatz los. Die Osterstraße wirkte trist und lustlos an diesem verregneten dunklen Abend. An der Kreuzung des Real-Marktes musste das Taxi kurzweilig abbremsen, weil es jemand zum Einkaufen so eilig hatte, dass die Vorfahrt des Taxi die Bedeutung verlor. Malam fluchte kurz und fuhr dann weiter Richtung Kreisel. Auf der Höhe der Ubbo-Emmius-Klinik begann sein Fahrgast ein Gespräch. Es dauerte grundsätzlich eine Weile bis der Kunde sich mit dem Fahrer akklimatisiert hatte und bereit war für eine Unterhaltung.

„Mein Freund wohnt in Berumbur. Er hat heute Geburtstag. Ich musste aber erst arbeiten." Malam fuhr auf den Kreisel zu, als er routiniert zu einer Floskel griff: „Ja, Arbeit geht vor." Während sich das Taxi problemlos zur Umgehungsstraße lenken ließ, bemerkte Malam, wie sein Fahrgast allmählich unruhiger wurde. Nervös strich sich dieser über die Hosenbeine seiner hautengen Röhrenjeans. „Er hat sich etwas Besonderes zum Geburtstag gewünscht."

Den nächsten Kreisel fuhr er fast ganz herum, um dann in Richtung Hage weiterzufahren und er spürte, dass es keine gute Idee war, danach zu fragen, dennoch konnte er nicht anders: „Was denn?" Darauf folgte ein Räuspern und ein unangenehmes Herumrutschen auf den cremefarbenen Lederbezügen: „Nun ja, er möchte unbedingt Sex mit mir haben."

Malam drehte sich kurz zur Seite und vergaß die Teigwaren-Dissertation für einen Moment, dann konzentrierte er sich lieber wieder auf die Straße. Neulich war einem Kollegen auf dieser Strecke ein Reh vors Auto gelaufen. Der Schaden an der Motorhaube hatte ein Vermögen gekostet. Trotzdem konnte sich Malam ein Kichern nicht verkneifen: „Das ist ja mal ein kostengünstiges Geschenk. Ich nehme an, dass wird dann euer erstes Mal sein."

Dem Fahrgast war die Röte eindeutig ins Gesicht geschrieben, als er antwortete: „Ja und nein. Mein erstes Mal nicht, seines schon. Aber da gibt es ein Problem." Malam fuhr in den Kreisel hinein, der Richtung Hage und Berum ging und fuhr die erste Ausfahrt wieder hinaus.

Mittlerweile war er neugierig geworden, doch er zögerte. Konnte er so dreist im Privatleben seines Fahrgastes herumstöbern? Andererseits hatte dieser von sich aus das Thema angeschnitten. Dementsprechend musste es Gesprächsbedarf geben und manchmal war es tatsächlich leichter, einem Wildfremden von seinen Sorgen zu erzählen. Daher nahm sich Malam ein Herz und fragte nach, bevor in den nächsten Kreisel hineinfuhr: „Was für ein Problem denn?"

Sein Fahrgast drehte sich erleichtert zu ihm hin und ließ seinen Worten freien Lauf: „Mein Freund ist ein Transmann. Killian ist als Frau geboren worden und seine Umwandlung ist noch nicht komplett. Im normalen Alltag merkt man nichts davon, dass er als Sophia geboren wurde und er ist ein wirklich sehr attraktiver Mann. Aber wenn die Hüllen fallen, ist der weibliche

Körper eben da. Und ich bin doch schwul! Ich weiß nicht, ob ich das kann."

Malam bog nach der Burg Berum rechts ab und wartete noch die Linkskurve ab. Dann tat er etwas, das für ihn äußerst untypisch war. Er fuhr in die nächstmöglich Straße hinein, hielt an und ließ den Tachometer pausieren.

Er konnte diesen völlig verunsicherten jungen Mann nicht einfach vor dieser Haustür absetzen und dann in den Feierabend gehen. „Du musst mit ihm darüber reden. Ganz offen und ehrlich. Sonst wird das ein übles Geburtstags-Fiasko."

Sein Fahrgast sank tiefer in den Sitz und fuhr sich verzweifelt durch die Haare:

„Er hat daraus ein Tabu-Thema gemacht. Es hat so lange gedauert, sich in seiner Umgebung als Mann zu etablieren. Diese körperliche Unstimmigkeit wird daher stillschweigend hingenommen." Malam fühlte sich hilflos. Er hatte in seinem Leben so Vieles gelesen, hatte so viel von Kunden gehört, doch hier half ihm auch keine x-beliebige Doktor-Arbeit. Gab es zu diesem Thema überhaupt eine?

„Wir sollten weiterfahren. Ich habe gesagt, dass ich um neun da bin", sagte der Fahrgast und riss Malam damit aus seinen Gedanken.

Widerwillig ließ er den Motor wieder an und fuhr wieder auf die Hauptstraße und dann weiter Richtung Holzdorf.

Der Ghostwriter

Romano Novelo hatte diesen Job schon etliche Male erledigt. Während er im La Louve den Dome-Burger bestellte und sich mit einer Cola light an einen Tisch setzte, wirkte es für Außenstehende wohl eher so als würde er auf ein Date warten. Beim Notieren der ersten groben Fakten dachte der smarte Italiener zurück an die Zeit, als er das erste Mal auf seinen neuen Arbeitgeber traf.

Er hatte Frank im Fitnessstudio kennengelernt. Aufgrund von ähnlichen Arbeitszeiten gingen beide regelmäßig zur gleichen Zeit ins Norder 'Clever fit'. Romano, der darauf spezialisiert war, die Lebensgeschichten von noch unbekannten Personen möglichst detailliert wiederzugeben, blieb mit Blicken immer wieder an den durchtrainierten Oberarmen eines gleichaltrigen Ostfriesen hängen. Sowohl Bizeps als auch Trizeps waren so klar und wohlwollend definiert, dass er dessen hellbraune Augen mit den kleinen olivfarbenen Sprenkeln erst im hellen Licht der Sports-Bar wahrnahm.

Bei einem Protein-Shake waren sie ins Gespräch gekommen. Die üblichen Fakten wurden auf den Tisch geworfen. Wie sieht dein Workout aus? Welches Auto fährst du? Was machst du beruflich? Und dabei ergab sich die passende Gelegenheit. Frank wollte seine Lebensgeschichte für seine Kinder festhalten, besaß aber kein Schreibtalent. Romano dagegen arbeitete als Ghostwriter und suchte gerade nach einem neuen Projekt. Als die Bedienung den Burger brachte, hatte er die wichtigsten Infos bereits notiert.

Frank Fisser, 34, verheiratet, zwei Kinder, Unternehmensberater an der Kurklinik Norden, fährt einen silbernen Golf Goal. Die Gewürze auf den Pommes frites rochen appetitfördernd und der Burger wirkte so saftig, als wenn er nur darauf wartete, verspeist zu werden. Als er den größten Hunger gestillt hatte, öffnete sich die schwere Glastür und sein neuer Kunde trat motiviert und vor Kraft strotzend in das helle modern wirkende Café.

Sofort erkannte dieser seinen Kompagnon und setzte sich souverän diesem gegenüber. „Hallo, da bin ich endlich. Sorry für die Verspätung. In meinem Job läuft nicht immer alles nach

Zeitplan. Guten Appetit." Mit dieser Gutheißung verschlang Romano den Rest seines Burgers. Der leere Teller wurde zeitnah abgeräumt und der neue Gast entschied sich ebenfalls für Cola light. Mit dem Ausziehen der Jacke und dem Ablegen des Blackberrys auf dem Tisch fand Romano Zeit, seine vorab überlegten Fragen zu sortieren und dementsprechend abzufragen:

„Kommst du gebürtig aus der Region?" Romano wartete am schwarzen Kinnbart zippelnd auf die Antwort, während Frank seine Worte genau wählte: „Geboren und aufgewachsen bin ich in Holtrop. Das ist bei Großefehn und gehört zum Landkreis Aurich. Meine Kindheit und Jugend blieben weitgehend unspektakulär, was wohl der Grund wahr, warum ich nach dem Abitur einfach nur weg wollte."

Frank hielt inne; sein Blick verlor sich weit zurück in die Vergangenheit. Romano nutzte den Moment für einen Schluck der herrlich kalten Cola, konnte aber den Blick nicht von Franks weichen Lippen lassen. „Mein Traum war es, Medizin zu studieren. Doch mit meinem Abitur mit der Note 2,6 rückte diese Idee leider in weite Ferne. Der Numerus clausus lag damals bei 1,2.

Ich ließ mich zwar auf die Warteliste setzen, machte mir aber keine großen Hoffnungen. Daher studierte ich Gesundheits- und Sozialmanagement an der 'Hochschule für Ökonomie & Management'. Das vorletzte Semester davon verbrachte ich als Auslandssemester in Italien."

Romano war sichtlich beeindruckt: „Wow! Dann sprichst du bestimmt fließend italienisch."

Frank lächelte verschmitzt und zeigte damit seine Grübchen: „Glücklicherweise hat die Uni Sprachkurse angeboten, sodass ich die Grammatik und Satzstruktur schon vorher begriffen hatte. Sonst wäre ich heillos untergegangen. Es war auf jeden Fall eine tolle Lebenserfahrung. Und dieser Kulturwechsel war es auch, der meine Reiseleidenschaft entfesselte. Bis dahin kannte ich Urlaub nur innerhalb Deutschlands. Ab und an fuhren wir zum Einkaufen hinüber nach Holland, aber nun wollte ich unbedingt die Welt sehen."

Franks Blick wurde plötzlich ein wenig traurig und Romano fragte sich, was sein Gegenüber plötzlich so bedrückte. Nur zögerlich fuhr dieser fort: „In meinen letzten Semesterferien buchte ich einen vierwöchigen Aufenthalt in London. Dort lernte ich meine damalige Freundin kennen. Doreen war voller Leben, wunderschön und klug. Ich war so verliebt, dass ich kurzerhand beschloss, zu ihr zu ziehen.

Ich setzte nach meinem Bachelor noch den Master of Science im Studiengang Wirtschaftspsychologie hinterher an der London Metropolity University. Diese Zeit war wohl mit die Beste meine Lebens und gleichzeitig die Schlimmste."

Die charmante Kellnerin kam gerade vorbei, um einem anderen Gast zu bedienen und so nutzte Romano die Gelegenheit, um einen Cappuccino italiano zu bestellen. Er mochte es, dass dieser etwas stärker war als der Normale. Gespannt wartete er auf weitere Details der Geschichte.

„Doreens Alltag kollidierte gänzlich mit meinem und nach der ersten großen Verliebtheit folgte ein ernüchterndes Erwachen. In meiner Verblendung hatte ich ihre Kokainsucht komplett übersehen. Als dann allmählich klar wurde, worauf ich mich eingelassen hatte, gab es für mich nicht viele Möglichkeiten. Von einem Entzug wollte sie partout nichts wissen; in ihrem Bekanntenkreis war das Konsumieren von Drogen völlig legitim, sodass ich gegen eine unkontrollierte Wand lief und den Kürzeren zog."

Franks Lippen zitterten bitter und Romano war versucht, dessen Hand zu greifen. Obwohl er unbedingt objektiv bleiben wollte, um Franks Empfindungen so genau wie möglich formulieren zu können, fiel es ihm schwer. „Also hast du sie verlassen?" Frank nickte resigniert:

„Ich musste. Sonst wäre ich mit ihr untergegangen. Eine WG in einem ganz anderen Stadtteil sollte meine Rettung sein. Hier wurde dringend ein Nachmieter gesucht, weil sie zu zweit die Wohnung nicht hätten halten können. Ich erschien zum richtigen Zeitpunkt. Laura und Danny halfen mir durch die schwere Zeit nach der Trennung und sorgten auch dafür, dass ich meine Master-Arbeit rechtzeitig abgab. Nach der erfolgreichen Prüfung wollte ich mit etwas Besonderes gönnen."

Frank unterbrach sich selbst, denn er sah, wie sich die Bedienung mit dem Cappuccino näherte. Als die koffeinhaltige Köstlichkeit gebracht wurde, stolperte die junge Frau über die Schlaufe von Romanos Umhängetasche, die auf dem Boden stand und kippte ungeschickterweise die heiße Flüssigkeit über die mit blauer Tinte beschriebenen Seiten.

Der Ghostwriter fluchte leise. Hätte er mit einem Kugelschreiber die Informationen notiert, wäre es nicht schlimm gewesen, doch in diesem Fall verschmierten die schnörkligen Buchstaben zu einem unschönen Wortbrei, der kaum noch leserlich wirkte. Romano ignorierte die vielen Entschuldigungen der Angestellten, riss das beschriebene Blatt vom Block und kramte in seiner Tasche einen alten abgenutzten Kugelschreiber hervor, um die bereits notierten Infos noch einmal aufzunehmen, solange er sie noch wusste.

„Sorry für die Verzögerung. Wo waren wir stehen geblieben?"

„Bei meinem Trip nach Bali flog ich mit meinen Mitbewohnern dorthin und dieser Urlaub hat sich in mein Herz eingebrannt. Hast du mal einen Spaziergang durch einen dschungelähnlichen Wald gemacht und die Affen folgten dir von Baum zu Baum hüpfend?" Romano schüttelte neidisch den Kopf.

„Der Gesang der Vögel, das nervige Zirpen der Zikaden, die Geckos an den Wänden. Ich will nicht viel sagen, aber ich habe bestimmt tausend Fotos von der Landschaft, den Leuten und den verschiedensten Abenteuern." Frank hatte sich richtig in Fahrt geredet und seine Augen strahlten ein Feuer aus, das Romano bisher nicht vernommen hatte.

„Und wie das Leben so spielt, lernte ich dort meine jetzige Frau kennen. Sie wohnte im Nachbar-Hotel und war mit ihrer besten Freundin dort. Während des Urlaubs begann Danny mit eben dieser ein Techtelmechtel und es dauerte nicht lange, bis wir gemeinsame Touren planten.

Ich glaube, anfangs mochte Isabelle mich nicht sonderlich. Jedenfalls hielt sie bewussten Abstand und suchte eher die Nähe von Danny und ihrer besten Freundin. Mich wiederum faszinierte diese kühle und besonnene Art. Ihre reservierte Haltung war das genaue Gegenteil von Doreen und vielleicht zog sie mich deshalb magisch an."

Während sich Romano flink die neuesten Entwicklungen notierte, fragte er: „Und sie kommt aus Deutschland?" Frank verdrehte kurz die Augen: „Das wäre ja viel zu einfach gewesen. Sie lebte in Paris, der Stadt der Liebe. Die Zeit nach dem Bali-Urlaub war furchtbar für uns beide. Ich fand einfach keinen passenden Job, weder in Frankreich noch in Großbritannien. Sie wollte unbedingt bei ihrer Familie in Paris bleiben, wo sie eine Mode-Boutique leitete und so verlief ein Großteil unserer anfänglichen Beziehung über Skype."

Romano traute seinen Ohren nicht: „Wie lange habt ihr denn in dieser Form gelebt?" Frank seufzte und als der neue Cappuccino kam, zog der Ghostwriter schnell den Block zur Seite. Die Kellnerin entschuldigte sich noch einmal und stellte die gefüllte Tasse behutsam auf den liebevoll dekorierten Tisch. Romano packte den Karamell-Keks aus und schob sich diesen komplett in den Mund.

„Zwei Jahre ging das so. Einmal im Monat versuchten wir, entweder ich oder sie den jeweils anderen zu besuchen. Ich arbeitete in verschiedenen Bars und Kneipen, um mir die Flüge zu finanzieren. Im Nachhinein grenzt es an ein Wunder, dass wir das so lange durchgehalten haben." Romano nickte zustimmend.

„Dann kam der entscheidende Wendepunkt. Ich war auch vorher schon beim Jobportal 'Xing' angemeldet und hatte eine Jobsuch-Anzeige aufgegeben, auf die die Norder Kur-Klinik reagierte. Sie suchten dringend einen Unternehmensberater und wollten unbedingt mich haben.

Die Bezahlung war dermaßen gut, das ich deren Angebot unmöglich ablehnen konnte. Ich zog also von London zurück in meine Heimat Ostfriesland, ließ meine WG nur ungern zurück und als ich mich wieder eingelebt hatte, stellte ich einen Urlaubsantrag, der bewilligt wurde und flog nach Paris.

Ich weiß noch sehr genau, wie überrascht Isabelle aussah, als ich vor ihr niederkniete, den Ring aus meiner Tasche zückte und ihr einen sehr ernst gemeinten Heiratsantrag machte. Du kannst dir nicht vorstellen, wie erleichtert ich war, als sie Ja sagte." Romano lächelte mitfühlend.

„Es dauerte dann noch ein Jahr, bis sie endlich mit mir in Deutschland war. Sie musste einen Nachfolger für ihren Laden finden, ihre Wohnung kündigen während ich hier nach einem

geeigneten Haus suchte, denn das Geld um neu zu bauen hatten wir nicht. In dieser Zeit organisierte sie von Paris aus unsere Hochzeit, ich schaffte es, dank meines Bruders, noch zwischenzeitlich einen Trip nach Schweden zu machen und mit ihm zusammen eine Kanu-Tour durch die großen Seen zu machen."
Franks Telefon klingelte plötzlich; als Romano den Klingelton erkannte, schmunzelte er. Es war 'Wonderful world' von Sam Cooke. Während sein Gegenüber ein kurzes Gespräch führte, schlug der Ghostwriter die Seite um und schrieb die gehörten Fakten nieder. In Gedanken überlegte er, wie viele Sitzungen er brauchen würde, um das komplette Ausmaß dieser Geschichte erfassen zu können. Er hatte nicht mit der Fülle an Erlebnissen gerechnet.
„Entschuldige die Unterbrechung. Wir sind gerade dabei, eine Umstrukturierungen vorzunehmen. Das wird vielleicht nicht die letzte Unterbrechung sein. Wo waren wir stehen geblieben?" Romano lächelte verständnisvoll: Kein Problem. Wie lange seit ihr jetzt verheiratet?"
Sein Gegenüber nutzte seine rosafarbene Zunge, um den Schaum zu beseitigen und warf ein Blick

aufs Handy, um sich zu vergewissern, welcher Tag heute war.

„Bald ist es fünf Jahre her. Erstaunlicherweise wurde sie noch in der Hochzeitsnacht schwanger, denn die Zwillinge kamen direkt neun Monate später. Kinder zu haben ist toll, aber wie sehr es meine eigene Freiheit einschränkt, hatte ich unterschätzt. Wir planen gerade unseren ersten Familienurlaub in eines dieser Dinge, die es überall in Europa gibt. Wie heißen die noch gleich?"

Romano schmunzelte: „Meinst du die 'Centre Parks'?" Frank zog seine schönen Lippen nach unten, die Stirnfalten wirkten plötzlich stärker. „Genau die." Zur Bedienung rief er: „Können wir zahlen, bitte." Romano sah seine Möglichkeiten auf mehr Details dahinschwinden. Frank sah ihn mitfühlend an: „Wir können das morgen gerne wiederholen, aber ich muss jetzt Jeanne und Sophie von der KiTa abholen."
Sie gaben beide ein anständiges Trinkgeld und als sie die Jacken anzogen, beobachte Romano sein Gegenüber noch einmal genau. Dieser Mann hatte so viel erlebt, hatte soviel durchgemacht und genau deswegen wirkte er so unglaublich interessant und anziehend. Frank

hielt ihm beim Hinausgehen die Tür auf und sagte abschließend: „ Wenn ich damals gewusst hätte, wie mein Leben heute aussehen würde, dann hätte ich mich besser nicht um meine Frau bemüht. Dann könnte ich noch immer auf Reisen gehen." Romano blieb mit der nachhallenden Wehmut seines Auftraggebers zurück.

Im kalten Wasser

Ich war noch nicht ganz wach, als ich mit Kyle den steilen Trampelpfad hinauf marschierte. Mit jedem Schritt wurde die Last auf meinem Rücken größer. Mein ockerfarbener Trekking-Rucksack war bis oben hin vollgepackt, einen Großteil davon nahm meine Angelausrüstung ein. Ich hatte mir von meinem besten Freund einen Ausflug zu den großen Wasserfällen am Wolf Creek zum 17. Geburtstag gewünscht. Um dort hin zu gelangen, führte uns dieser Weg den Crazy Mountain hinauf und er schien gar kein Ende zu nehmen.

„Kyle, können wir nicht eine kurze Pause einlegen?", fragte ich zögerlich, denn die Lagerfeuer-Party von gestern Nacht hing mir noch in den Knochen. Rhondas Lächeln kam mir in den Sinn und gab mir einen leichten Stich ins Herz. Wir würden sie erst am Montag in der Schule wiedersehen.

Die Sonne brannte schon jetzt wie in der Mittagshitze und ich schickte meiner Frage einen mitleidigen Blick hinterher. Kyle nickte grinsend. Sofort begann ich, mein schweres Gepäck von meinen Schultern zu schieben. Wir setzten uns ein Stück abseits vom Weg in den Schatten einer Douglasie. „Wir sollten etwas trinken", bestimmte Kyle und kramte in seinem dunkelblauen Rucksack, um zwei Flaschen Mineralwasser herauszufischen. Er warf mir eine davon so zu, dass ich sie mit Leichtigkeit auffangen konnte. „Wir brauchen bestimmt noch eine Stunde, bis wir den Bergsee erreichen. Dies wird die letzte Rast sein." Er sagte das mit einer Überzeugung, die keinen Widerspruch duldete.

Wenige Minuten später wanderten wir weiter. Die Natur um uns herum machte den strapaziösen Weg erträglich. Montanas Bergwälder waren Schauplatz unzähliger Spielfilme und auch wir konnten uns der Schönheit unserer Heimat nicht verschließen. Wortlos bewegten wir uns fort, begleitet von unzähligen Eichhörnchen, Vögel und Insekten.

Als wir an unserem Ziel ankamen, überwältigte mich der Anblick des Sees und die Eindrücke brannten sich für immer in mein Gehirn. Ein Fischadler flog über unsere Köpfe hinweg, um auf einer riesigen Tanne zu landen. Von dort oben konnte er sich in Seelenruhe seine nächste Beute aussuchen.

Ich war noch völlig mit dem Ordnen meiner Gefühle beschäftigt, als Kyle schon längst begonnen hatte, das Zelt aufzubauen. „Hilfst du mir vielleicht mal! Ganz allein werde ich das große Ding bestimmt nicht aufstellen können." In seiner Stimme schwang nicht ein Hauch von Zorn mit, denn er freute sich schon seit Wochen auf diese zweieinhalb Tage, fern vom Alltag und der Familie.

Mit routinierten Bewegungen entstand unser Lager gut sechs Meter vom Ufer entfernt und das herab plätschernde Wasser begleitete kontinuierlich unsere Arbeitsschritte. Hier war es absolut friedlich. Uns fehlten nur noch die passenden Köder, um mit dem Angeln beginnen zu können.

An einem langen Steg, der in den See reichte, lagen drei Boote, die zur freien Verfügung standen. Ein Service vom National Park, den wir auf jeden Fall in Anspruch nehmen wollten.

Im fruchtbaren Waldboden wimmelte es von dicken, glitschigen Regenwürmern, sodass wir schnell einen ganzen Eimer voll hatten. Mit unserem Lockmittel, zwei langstieligen Angeln und einer Tasche mit Proviant begaben wir uns in das erste Boot und machten uns bereit.

Schon beim Einsteigen bemerkte ich, wie sich Kyles Haltung veränderte. Das Holz unter uns wackelte mit jeder Bewegung. Er atmete erleichtert aus, als er endlich saß. Es war ein großes Zugeständnis, diesen Ausflug mit mir zu machen. Als Kind wäre er einmal fast ertrunken und seitdem machte er einen respektvollen Bogen um das Wasser. „Ist alles okay bei dir? Wir können auch vom Ufer aus angeln, aber weiter in der Mitte stehen unsere Chancen besser, größere Fische zu fangen." Kyle lächelte zuversichtlich: „Alles gut. Solange wir im Boot bleiben, kann ich damit leben. Gib mir mal einen dieser ekligen Dinger da!" Lachend reichte ich ihm den sich windenden Köder. Fachgerecht spießte er das Fischfutter auf den spitzen Haken und warf mit Schwung die Angel aus. Ich tat es ihm gleich. „Wie fandest du die Party gestern? Ich habe mich gut amüsiert", gab Kyle freimütig zu. Während ich meine gelbe Steckrute am Boot festmachte, dachte ich über eine passende Antwort nach. Verschiedene Szenen fielen mir wieder ein: Casey, wie er auf seiner Gitarre spielte und wir dazu sangen; Sarah-Joe, die zu viel Bier getrunken hatte und sich in die

Büsche übergab; Rhonda, in Kyles Armen tanzend, die mir ständig lüsterne Blicke zuwarf. Ich schaute direkt in die blauen Augen meines besten Freundes und mit einem leichten Zittern in der Stimme sagte ich: „Es war nett."

Mein brünettes Gegenüber hob die Augenbrauen: „Ach komm, Andy, ich hab doch gesehen, dass dich die ganze Zeit etwas beschäftigt hat." Es war schwer, ihm etwas vorzumachen. Er kannte mich einfach zu gut. Ein anbeißender Saibling brachte mir ein wenig Zeit. Obwohl er recht kräftig an der Leine zog, hatte er keine Chance. Konzentriert kurbelte ich ihn hoch und verstaute den silbern glänzenden Fisch in einer mit Wasser gefüllten Transportbox. Danach warf ich den nächsten Köder ins Wasser. Leider ließ Kyle nicht locker: „Okay, was ist los? Du verheimlichst mir doch nichts, oder?" In dem Moment hätte ich viel Geld für einen weiteren Fisch gegeben. Ein Schwarm Kanada-Gänse zog über uns hinweg, doch die flinken Flieger waren schnell wieder verschwunden. Ich atmete tief durch und sammelte meinen ganzen Mut zusammen: „Ich will dir schon seit Wochen etwas sagen. Aber dies ist wohl kaum der

richtige Ort dazu." Als Kyle gerade etwas erwidern wollte, zerrte etwas an seiner Angel. Vor Schreck hätte er sie fast fallen lassen. Etwas hektisch zog er seinen Fang nach oben und war überrascht, eine Regenbogenforelle ergattert zu haben. Die wurden grundsätzlich mit einer anderen Köder-Art gefangen. Schnell wurde die Angel neu bestückt und seine Aufmerksamkeit lag wieder auf mir, wie eine zentnerschwere Last: „Du kannst mir doch alles sagen. Wir regeln das schon. Gemeinsam. Also?" Das Herz schlug mir bis zum Hals. Ich wusste schon jetzt, dass er alles missverstehen würde. Dabei hatte ich gar nichts gemacht. „Rhonda hat mich geküsst." Kyle erstarrte. Die Farbe wich aus seinem Gesicht, als hätte jemand den Stöpsel herausgezogen. Ich begann, mich zu rechtfertigen: „Ich weiß, ich hätte dir das schon früher sagen sollen. Das passierte auf Caseys Geburtstagsfeier vor zwei Wochen. Ich hab den Kuss auch gar nicht erwidert."
An seinen Fingern bemerkte ich ein Zittern. Ein Zeichen dafür, dass er richtig wütend war. „Oh bitte, beruhige dich wieder! Wir sitzen hier in einem Boot, in der Mittagssonne. Wir

sollten bald zurück zum Ufer zurück, sonst sind wir hier gar, bevor die Fische es sind." Als hätte ich ihn noch angestachelt, stand er auf einmal auf: „Ich soll mich beruhigen? Meine Freundin macht mit anderen Männern herum und das wird mir dann auch noch verheimlicht. Hat es dir wenigstens gefallen?" Er gestikulierte wie wild mit den Armen und brachte damit das Boot zum Wackeln. „Mein Gott, jetzt setze dich doch bitte wieder hin! Das ist ein Bergsee, das Wasser darin eiskalt. Ich hab keine Lust, dich herausfischen zu müssen."

Ich griff nach seiner Hand und versuchte, ihn wieder nach unten zu ziehen. Doch stattdessen versuchte er, sich meinem Griff zu entziehen. Mit Schwung zog er den Arm weg, bekam einen Überhang und bevor ich reagieren konnte, war Kyle rückwärts ins Wasser gestürzt. Er strampelte und ruderte mit den Armen, ich konnte seine Panik förmlich spüren.

Instinktiv griff ich eins der Paddel, schob es schnell aus der Halterung und streckte es ihm entgegen: „Los, greif zu!" Als hätten meine Worte die Kraft, ihn zu beruhigen, besann er sich plötzlich und griff nach dem hölzernen

Ruder. Ich zog ihn nah ans Boot heran, sodass er sich daran festhalten konnte und setzte mich dann als Gegengewicht auf die andere Seite.

Mit ganzer Kraft hievte er sich wieder ins Boot, klitschnass wie ein begossener Pudel. Wir schauten uns lange an, ohne ein Wort zu sagen. Ich weiß gar nicht mehr, wer angefangen hat, aber irgendwie fingen wir an zu kichern. Daraus wurde dann ein befreiendes Lachen. Wir packten unser Angelwerkzeug ein und ruderten zurück. Erst an Land war Kyle der erste, der etwas sagte: „Ich habe total überreagiert, oder? Natürlich weiß ich, dass du mich nicht hintergehst." Ich nahm die Transportbox mit den Fischen und stellte sie auf den Steg: „Was soll ich sagen. Letztendlich musst du das mit Rhonda klären." Wir schleppten unseren Fang zum vorher angelegten Grillplatz. Mein Magen knurrte schon beim Gedanken an frischen Fisch. Kyle zog ein Klappmesser aus der Hosentasche und legte den ersten Fisch auf eine Steinplatte. Während er die scharfe Klinge hinter den Kiemen entlangführte, grinste er mir zu: „Nächstes Jahr überlege ich mir wieder selbst, was ich dir zum Geburtstag schenke."

Ich lachte und entzündete das Feuer.

The meeting of two Queens

Ich machte gerade drei Tequila fertig. Ein hübscher junger Kerl hatte sie bei mir bestellt, zusätzlich zum gleichen Satz Bier und wie immer balancierte ich die Zitronenscheiben sachte und vorsichtig, damit sie auf und nicht im Glas landeten. Im Club kam langsam Stimmung auf, was vielleicht auch daran lag, dass der DJ endlich mit der etwas eintönigen House-Music aufgehört hatte und sich nun den Charts widmete.

Die Tanzfläche füllte sich in Sekunden, als die Gäste erkannten, dass 'Alligatoah's „Willst du" angespielt wurde und spätestens beim Refrain sangen alle lautstark: „Willst du mit mir Drogen nehmen? Dann wird es rote Rosen regnen. Ich hab's in einer Soap gesehen. Willst du mit mir Drogen nehmen?"

Das gab uns Thekenkräften einen Moment Verschnaufpause. Ich schaute hinüber zu Larissa, die in ein Gespräch mit einem Stammkunden verwickelt war. Nach ein paar Schlucken Leitungswasser drehte ich mich einmal um die eigene Achse, denn ich wollte nicht den Ruf bekommen, dass ich durstige Gäste warten lasse.

Und dann sah ich sie. An der Garderobe hatte sie ihre Jacke abgegeben und schwebte nun elbengleich in den Raum. Ihre Aura strahlte hell und wie ein wunderschöner Magnet zog sie die Blicke auf sich. Das purpurne Abendkleid mit schwarzen Applikationen umschmeichelte liebevoll ihre langen Beine und als Neckholder bot es entzückende Ausblicke auf einen trainierten Rücken.

Mir fiel die weiße Tulpe in ihrer rechten Hand ins Auge. Für Accessoires gab es in meinen Augen zwar keine Grenzen, aber diese langstielige Blume empfand ich dann doch als originell. Nachdem sie sich intensiv im Raum umgeschaut hatte, kam sie zu mir an die Theke. Fasziniert schaute ich dabei zu, wie diese Schönheit sich mit der Grazie einer Katze an meinen Tresen setzte. Mit geschmeidigen Bewegungen strich sie über den feinen Stoff ihres Kleides und ich bekam den Eindruck, als wäre es das Kostbarste der Welt. Die noch vor Kraft strotzende Tulpe hielt sie weiterhin in der linken Hand. Immer wieder drehte sie ihren Kopf in verschiedene Richtungen und schien nach jemandem Ausschau zu halten.

Mit dem Stift in der Hand näherte ich mich. Mein Herz pochte schneller als der Beat des aktuell laufenden Smashhits, als ich mich vorsichtig nach vorne beugte, um mit lauter Stimme zu fragen: „Hi, kann ich Ihnen etwas zu trinken anbieten?"

Mein Verstand tadelte mich sofort, weil diese gestelzte Wortwahl so gar nicht nach mir selbst klang. Ein Paar stechender grüner Augen blickte mich leicht belustigt an. Als sie ihre sinnlichen Lippen zu Worten formte, ertönte eine samtweiche und trotzdem erstaunlich dunkle Stimme: „Ich bin mir sicher, dass du das kannst."

Normalerweise zählte verbale Schlagfertigkeit zu meinen Stärken, doch statt etwas Passendes zu erwidern, errötete ich. Der darauffolgende Versuch zu lächeln missglückte ebenfalls. Als sie merkte, dass ich ins Straucheln geraten war, zeigte sie Kulanz und gab mir ihre Getränkekarte: „Einen Wodka on the rocks, bitte."

Damit war ich wenigstens beschäftigt. Während ich ein sauberes Glas vom Stapel nahm und in einem Schwung zwei Eiswürfel hineinschleuderte, musste ich über ihre Bestellung schmunzeln. Mir fiel eine Folge von „Sex and the City" ein, in der Carrie Bradshaw auf einer spießigen Party dieses Getränk mit der gleichen Attitude auswählte, weil die Gastgeberin alle roten und braunen Flüssigkeiten aus Angst vor Flecken verbannt hatte.

Ich strich 1,50 € auf dem Zettel ab und stellte den, von der Kälte bereits beschlagenen Tumbler vor ihr ab. Beim Überreichen der Getränkekarte strichen ihre zarten Fingerkuppen über meine Fingernägel und ein Schauer ging durch meinen Körper. „Dankeschön", sagte sie mit einem koketten Lächeln auf den Lippen. Der Lipgloss schimmerte zart rosa im ständig wechselnden Licht.

Ein anderer Gast suchte meine Aufmerksamkeit und ich musste mich notgedrungen abwenden. Ein groß gewachsener Stammkunde, der immer wieder die gleiche Kombination bestellte, hielt nur zwei Finger hoch und ich wusste, dass er die doppelte Menge haben wollte: zwei Becks und zwei Jägermeister.

Seine tiefblauen Augen starrten an mir vorbei

und erst dabei fiel mir auf, dass an dieser Situation etwas nicht stimmte. Warum gefiel mir diese Frau so? Natürlich war sie in dieser Aufmachung einzigartig, aber das weibliche Geschlecht ließ mich normalerweise ziemlich kalt.

Meine bevorzugte Beute war 1,90 Meter groß, mit haselnussbraunen Augen, schwarzem Haar und Dreitagebart. Der DJ spielte gerade einen Remix von Britneys „Hold it against me" und der treibende Beat riss mich förmlich mit. Mein Körper folgte dem Rhythmus in geschmeidigen Bewegungen und ich war gerade richtig in meinem Element, als ich interessierte Blicke wahrnahm – von der Lady mit der Tulpe.

Mit einem geschickten Move drehte ich mich in ihre Richtung und tatsächlich verfolgte sie meine spontane Tanzeinlage mit neugierigem Wohlwollen. Ihr pflanzliches Schmuckstück lag mittlerweile auf der Theke. Als mein Blick auf ihr leeres Glas fiel, kam der Barkeeper in mir zurück. Ich beendete meine Performance und ging nun um einiges selbstbewusster auf sie zu: „Kann ich dir noch etwas Gutes tun?"

Jetzt war es an ihr zu erröten und in meinem

Blick spürte ich ein gewisses Glitzern. Wenn ich etwas wirklich haben wollte, nutzte ich es ab und an. Doch warum ich diese Mühe für eine Frau auf mich nahm, ergab in meinem Kopf auch weiterhin keinen Sinn.

Sie beugte sich weiter nach vorne, damit ich sie besser verstehen konnte. Dabei fiel mein Blick auf ihr Dekolleté. Auf ihrer linken Brust blitzte ein kleiner schwarzer Stern aus dem Ausschnitt heraus.

Ich liebte Tätowierungen, auch wenn ich selbst keine besaß. „Machst du mir bitte einen Doppelten? Anscheinend werde ich versetzt." Sie zeigte auf meine Armbanduhr und ich reichte ihr meinen linken Arm. Beherzt griff sie zu und ich war erstaunt, wie kräftig sie zupackte. Gleichzeitig versuchte ich, meine Enttäuschung zu verbergen. Anscheinend wartete sie auf jemanden, jedenfalls nicht auf mich. Ich zog meine Hand zurück, um ihr den Drink machen zu können, aber meine Gedanken zerstörten meine Routine. Das Glas füllte sich zwar wie von selbst mit den runden Eiswürfeln, doch ich griff zur falschen Flasche und schenkte ihr Korn statt Wodka ein.

Mir fiel der Fehler nicht auf und sie hatte

sich weiter nach ihrem Verehrer umgesehen. Ich strich das Geld von der Karte und stellte das Glas mit der durchsichtigen Flüssigkeit vor ihr ab. Der DJ hatte sich gerade einen Dance-Remix von Maroon 5 „She will be loved" herausgesucht, als sie völlig unbedacht einen großen Schluck nahm.

Ich hatte mich gerade zwei blonden Mädels zugewandt, als ich ein lautes Prusten hörte, gefolgt von einem „Igitt, wie eklig!". Eilig drehte ich mich herum und sah einen jungen Mann vor ihr stehen. Entrüstet schaute dieser auf sein Sakko herunter, dass mit feuchten Sprenkeln übersät war. In seiner rechten Hand trug er eine weiße Tulpe.

In ihrem Gesicht spiegelte sich die Panik und hilflos versuchte sie sich in einem Wortschwall zu retten: „Es tut mir schrecklich leid! Das wollte ich nicht. Die Tresenkraft hat mir ein falsches Getränk hingestellt. Ich finde Korn total eklig!"

Damit waren unsere Rollen klar verteilt. Die beiden Verabredeten schlenderten zur Cocktail-Theke hinüber und würdigten mich keines Blickes mehr. An der Garderobe gab gerade eine Gruppe von adretten Männern in engen T-Shirts ihre Jacken ab und würden jeden Moment meine Theke stürmen. Ich stellte mir schon vorsichtshalber ein paar Charly-Gläser in Position.

Dazu wünschte ich mir, der DJ würde „Ironic" von Alanis Morrissette spielen, „'cause isn't it ironic, don't ya think?"

Zu viele Gedanken

Leon bereute seine Entscheidung auszugehen schon beim Öffnen der schwarzen Schwingtür. Ein großer bulliger Türsteher mit Bomberjacke, Cargohose und rasiertem Schädel checkte in kurz ab, bevor er passieren durfte.

Er lief die schlecht beleuchtete Treppe hinunter und hielt an der Kasse an. Zu diesem Zeitpunkt hätte Leon noch die Möglichkeit gehabt, wieder umzudrehen, ins Auto zu steigen und sich einen gemütlichen Abend auf der Couch zu machen.

Stattdessen zückte er sein schon recht abgenutztes Portemonnaie und drückte der gelangweilt wirkenden Kassiererin zwanzig Euro in die Hand. Dafür bekam er einen hässlichen Stempelabdruck auf die Hand und eine Verzehrkarte. Leon dachte an die hochinteressante Dokumentation auf N-24, die er nun verpassen würde und ging mit zaghaften Schritten der lauten und basslastigen Musik entgegen.

Irgendetwas mit 'Ghost town' brüllte ihm mit pfeifender Hook entgegen und als Leon über die

Schwelle des '*Phallon*' trat, wünschte er sich einmal mehr, den Freitag Abend vor dem Fernseher geplant zu haben.

Nun stand er in einem großen Saal mit rhythmisch flackernden Lichtern, in dem sich bestimmt zweihundert Männer und Frauen tummelten, in Ecken stehend, an der Bar trinkend oder zur Musik zappelnd.

Leon fühlte sich plötzlich so alt wie die Schildkröte aus der unendlichen Geschichte. Es kribbelte bereits in seiner Nase, doch er unterdrückte das befreiende Niesen und ging stattdessen auf den erstbesten Tresen zu. Der Barmann, ein junger Bengel Anfang zwanzig, drehte sich zu ihm um und fragte lächelnd: „Hi Süßer, was möchtest du trinken?" Hatte der gerade 'Süßer' gesagt beziehungsweise geschrien? Denn das musste er, damit die Gäste ihn verstehen konnten. Leon verbuchte das als Standardspruch, um Trinkgelder abzugrasen und bestellte eine Apfelschorle.

Als er sich zur Tanzfläche umdrehte, schienen weitere hundert Leute hinzugekommen zu sein, denn das Gedränge wurde zunehmend unangenehmer. Was hatte ihn nur dazu getrieben, sich dies hier anzutun? Dann fiel ihm wieder dieser unglaublich attraktive Typ ein, der sich mit seinem Kumpel lautstark darüber unterhalten hatte, dass er unbedingt heute hier sein wollte.

Leon fragte sich aber angesichts dieser Menschenmassen, ob es überhaupt eine Chance gab, diesen einen Mann hier zu entdecken. Er nippte an seiner Schorle und entschied sich dafür, sich umzuschauen. An diesem einen Punkt zu verharren, erschien ihm aussichtslos.

Während er sich durch die Synergie der sich bewegenden Leiber drängte, fragte er sich, wann das letzte Mal vergleichsweise so viele Leute in seinem Buchladen gewesen waren. Obwohl er mittlerweile eine Kindle-Ecke eingerichtet hatte, in der seine Kunden bei selbst mitgebrachtem Kaffee E-books lesen konnten, herrschte viel zu häufig gähnende Leere.

Einige Gesichter kamen ihm bekannt vor und er grüßte vorsorglich alle. Doch von dem dunkelhaarigen Adonis fehlte jegliche Spur. Nicht, dass sich Leon Hoffnungen machte, von diesem Kerl beachtet zu werden.

Er wusste, wie er aussah. Für mehr als durchschnittlich hatte es nicht gereicht.

Jedenfalls behauptete Leon das, wenn er sein Spiegelbild betrachtete. Sein Haar war straßenköterblond, seine Nase römisch und die Augenfarbe konnte bei Tageslicht nur als grau bezeichnet werden. Seine Figur war okay, aber mit seinen fast zwei Metern überragte er die meisten Anwesenden bei weitem.

Das einzige, dass Leon an sich gefiel, waren seine sinnlich geschwungenen Lippen. Aber es war viel zu lange her, dass sie zum Küssen benutzt worden waren. Und genau danach sehnte Leon sich, als er sich suchend durch die winzigen Lücken quetschte, die sich hier und da vor ihm auftaten. Die Musik ging ihm tierisch auf die Nerven.

Gerade sangen irgendwelche Girlies einen anstrengenden Song, in dem ständig die Laute 'bang bang' wiederholt wurden. Der DJ schien ein Fan der Nebelmaschine zu sein, denn mittlerweile wirkte es, als hätte jemand ein Dutzend Rauchbomben gezündet. „So viel zum Thema 'bang bang'", dachte Leon. Er sah kaum seine Hand vor Augen; wie sollte er so jemals diesen Kerl finden?

Er hätte sowieso nicht den Mut gehabt, ihn anzusprechen geschweige denn den Mumm, das zu tun, wonach ihm der Sinn stand. Nun riss der DJ die Stimmung herum und wechselte in die Schlagerecke. Helene Fischers 'Fehlerfrei' ertönte und plötzlich wurde die Meute zu einem gewaltigen Chor, die den Refrain mitgrölten und Leon fühlte sich mehr denn je, als wäre er im falschen Film.

Er wollte nur noch nach Hause, als ihm plötzlich jemand auf die Schulter tippte. Espressofarbene Augen begegneten ihm auf Augenhöhe. Sie gehörten dem Gesuchten und ließen Leon kurzweilig taumeln. „Dir gehört doch der Buchladen am Mittelweg, oder?" Mehr als ein Nicken brachte Leon nicht zustande.

Sein Gegenüber sah hier in diesem trüben Licht noch besser aus als in seiner Erinnerung. Ein fliederfarbenes Shirt lag stramm um dessen muskulösen Oberkörper, die schwarze Jeans saß tief und eng und der elegante Schnürschuh zeugte von Geschmack. Aber Leon interessierte sich mehr für diese feurigen Augen und dem sanften Schwung der vollen Lippen, die jetzt Worte formten: „Ich mag deinen Laden. Die Auswahl ist speziell und nicht so mainstreamig wie bei den anderen."

Das war ihm aufgefallen? Okay, als Kunde

erschien er mehrmals im Monat, aber Leon hatte angenommen, dass der Laden vielleicht auf seinem Weg lag und er sich deswegen hin und wieder darin verirrte. Schon wieder sagte er etwas und Leon musste sich sehr konzentrieren, um es zu verstehen: „Möchtest du noch etwas trinken? Das geht auf mich."
Bei der Suche hatte Leon tatsächlich die Apfelschorle gänzlich ausgetrunken und stand mit leerem Glas herum. Wieder nickte Leon und sein Gegenüber lächelte. Sie brauchten fast zehn Minuten, um überhaupt in die Nähe eines Tresens zu gelangen. Leon wusste, dass er ein Gespräch aufbauen musste, wenn er den Typen zum Bleiben bewegen wollte.
Während sie auf die alkoholfreien Biere warteten, kam die passende Gelegenheit, um die Initiative zu ergreifen: „Darf ich fragen, wie du heißt?" Leon biss sich auf die Zunge. Hätte nur noch gefehlt, ihn zu siezen. In diesem Ambiente wirkte Höflichkeit irgendwie unangebracht.
„Kassim", kam als direkte Antwort. „Ich heiße Leon." Wieder dieses hinreißende Lächeln: „Das weiß ich. Es steht an deiner Ladentür." Natürlich. Jetzt wäre ein guter Moment

gewesen, um im Boden zu versinken, panisch wegzulaufen oder vor Peinlichkeit tot umzufallen.

Aber Leon blieb stehen. Er fragte sich, wie alt Kassim sein mochte, als sie die Bierflaschen entgegennahmen. Wahrscheinlich ein paar Jahre jünger, schätzte Leon. Dieser hatte sich damit abgefunden, die Dreißiger-Grenze bereits überschritten zu haben.

Sie prosteten sich zu, ohne den Blickkontakt voneinander abzuwenden. Der DJ schwenkte wieder um; die Musik wurde langsamer, sexier und die Bewegungen auf der Tanzfläche dementsprechend geschmeidiger. Kassim beugte sich vor: „Tanzt du mit mir?" Leon riss die Augen auf. Genauso gut hätte Kassim danach fragen können, ob Leon mit ihm den Club ausrauben würde. Die Antwort war eindeutig Nein.

Und trotzdem bemerkte Leon erschrocken, wie er Kassim zur Saalmitte folgte. Zwar war es nicht so, dass er dafür keine Veranlagung hatte; er wusste, wozu man die Hüfte benötigte und seine Arme waren nicht nur zum Tragen schwerer Gegenstände da. Doch er wollte sich nicht blamieren.

Als sie sich einen Platz erobert hatten, begann ein neuer Song, der offenbar 'Boom rakatak' hieß. Leon schloss das aus der Häufigkeit, mit der diese zwei Wörter im Lied vorkamen. Kassim war ein sehr guter Tänzer mit viel Disko-Erfahrung, der auch als Gogo-Boy gutes Geld verdient hätte. Jedenfalls dachte Leon das und versuchte, die eigenen Bewegungen denen Kassims anzupassen.

Leider erfolglos wie er empfand. Sein Gegenüber schien zu merken, wie unwohl er sich fühlte. Kassim kam näher und beugte sich zu ihm hinüber, bis sich sein Mund auf Höhe von Leons Ohr befand: „Du denkst zu viel. Schalte es ab und tu's einfach."

Kassim zog sich ein Stück weit zurück, blieb aber im Rhythmus tanzend und schaute Leon wohlwollend an. „Tu's einfach" hatte dieser heiße Kerl gesagt. Obwohl sich in Leons Kopf bereits die nächste Frage bildete, schob er sie beiseite. Stattdessen ging er einen Schritt nach vorne, griff beherzt in Kassims volles dunkles Haar und zog ihn an sich heran. Die Lippen verschmolzen und zu seiner Überraschung erwiderte Kassim den Kuss. Minuten vergingen, in denen nichts mehr wichtig war, außer diese zwei Menschen auf der Tanzfläche. Die Musik verstummte, das Gedränge löste sich auf und die einatmende Luft schien nie klarer gewesen zu sein. Leon schloss die Augen und ließ sich völlig fallen.

In die Berührungen dieses fremden Mannes, in die Empfindungen einer Nacht, in eine Zukunft, die völlig ungewiss vor ihm lag. Und als sie sich nach einer Ewigkeit voneinander lösten, kamen auch die Fragen zurück.

„Was weißt du schon von ihm? Was passiert, wenn du mit ihm nach Hause gehst? Kann das was Längeres sein?" Und als Kassim in Leons Augen diese Gedankenspirale entdeckte, seufzte er. Ein letztes Streichen über Leons Wange, ein letztes Lächeln, dann verschwand Kassim wieder im grauen Dunst des Trockeneisnebels.

Nur Sekunden später war nichts mehr von ihm zu sehen und Leon fragte sich bereits, ob er sich das Ganze nur eingebildet hatte, da fiel sein Blick auf die Flasche alkoholfreien Bieres in seiner Hand.

Nellys 'Just a dream' dröhnte aus den großen Boxen, als Leon mit dem Autoschlüssel zum Ausgang schlenderte.

Das Ende einer Nacht

Mit lautem Geratter fuhr der letzte Zug des Tages in den Norder Bahnhof ein. Magdalene Schmidt atmete erleichtert aus, denn es bedeutete, dass ihr Feierabend näherrückte.
Sie stand nun bereits seit zwölf Stunden hinter dem Burger King Tresen, weil ihre Kollegin Estefania sich kurzfristig krank gemeldet hatte. Zwölf Stunden lang Pommes frites portionieren, Cola in Pappbecher pumpen und irgendwelche albernen Burger-Namen in die Küche schreien.
Magdalene hatte einfach keine Lust mehr. So hatte sie sich ihr Leben nicht vorgestellt. Ihre Pläne als jungen Mädchen sahen ganz anders aus. Tänzerin hatte sie werden wollen, schon als junges Mädchen war das ihr größter Traum gewesen uns sie hatte ehrgeizig daran festgehalten.
Wieso stand sie jetzt hier? Der letzte Schwung Menschen bestand nur zwei Personen, einer sehr übergewichtigen jungen Frau und einem modisch sicheren Mann mit asiatischem Ursprung.
Magdalenes Blick fiel auf den armen alten

Theo, der immer noch an seinem festen Platz saß, sich an seinem mittlerweile eiskalten Kaffee festklammerte, um seine Berechtigung dort zu sitzen nicht zu verlieren. Sie wusste, dass ihm nach dem Tod seiner Frau nichts mehr geblieben war und so hatten sie eine stille Abmachung getroffen, dass er während ihrer Schichten im warmen Laden sitzen durfte.
Estefania hätte ihn längst hinausgeworfen, weil er grundlos einen Tisch blockierte. So war die Firmenpolitik, das wusste auch Magdalene, aber die roten Sitzflächen waren zum Großteil nicht besetzt, daher störte sie es nicht.

Die Frau bestellte einen Berg ungesunden Essens, den Magdalene ihr teilnahmslos zuschob. Sie hatte es aufgegeben, sich mit den Gästen bewusst auseinanderzusetzen. Sie arbeitete einfach stumpf die Kunden ab und war für jede Pause dankbar. Als sie hier begann zu arbeiten, langte sie auch gerne mal bei den eigenen Produkten zu.
Dank der vielen Geschmacksverstärker schmeckte alles viel zu lecker, aber ihre grazile Tänzerinnen-Figur hatte sie damit auf ewig verloren. Das viele Fett in den Burgern und

die übermäßigen Kohlenhydrate hatten sich wie ein Schwimmreifen um ihre Hüften gelegt und blieben dort hartnäckig, als hätte jemand diesen Ring an ihr fest geschweißt.
Als der Mann an der Reihe war, fiel ihr dessen schöne espressofarbenen Augen auf. Wäre sie nicht todmüde gewesen, hätte sie versucht zu lächeln. Doch in seinem Blick spiegelte sich pure Verachtung wider. Sie konnte es ihm nicht verdenken. Kurz angebunden bestellte er Kaffee und während er sich setzte, fiel ihr auf, dass er einen Platz wählte, an dem ihm nichts entgehen konnte. 'Nicht nur gutaussehend, sondern auch noch clever', dachte sie. Hatte sie sich so einen Mann nicht immer gewünscht?
Zu Hause würden nur zwei süße Meerschweinchen zur Begrüßung quieken. Ansonsten erwartete sie niemand in ihrer Single-Wohnung, die Magdalene immer wieder daran erinnerte, wie allein sie war.
Während sie ihren Putzeimer mit Wasser füllte, fragte sie sich, warum sie so sehr von ihrem Weg abgekommen war. Lag es an der kranken Mutter, die sie zu Tode gepflegt hatte? Waren es die hohen Pflegekosten, die bezahlt werden wollten? Oder an ihrem nichtsnutzigen Vater,

der das hart erarbeitete Geld lieber versoff als ihr zu helfen?

Mit großen Schritten ging sie nun auf die Vierzig zu und die Musikvideos, die auf den wandmontierten Monitoren liefen, animierten sie nicht mehr zum Tanzen. Stattdessen taten ihre Füße weh und die schrillen Beats verursachten bei ihr Kopfschmerzen.

Ein Blick auf die Uhr zeigte ihr an, dass es Zeit war, die Gäste zu bitten, das Lokal zu verlassen, damit sie putzen konnte. Als sie alleine im Laden stand, blickte sie ihren Gästen durch die Glasscheibe hinterher und wünschte sich, sie hätte mit dem hübschen Mann gehen können.

Mit einem letzten Seufzer ergriff sie ihr Mikrofasertuch und begann, die Tische abzuwischen.

Bewusst bewusstlos

Ich merke, dass ich betrunken bin. Die Stimmen der anderen wirken gedämpft. Vielleicht sollten wir die Musik leiser machen, doch ich möchte den anderen den Spaß nicht verderben.
„Will noch jemand ein Bier?" Jay-Ds Frage wird mit allgemeinem Kopfnicken bejaht. Es ist immer lustig mit ihm zu feiern, weil sein Alkoholvorrat quasi unendlich zu sein scheint. Seine Wohnung wirkt schon fast erwachsen, vor allem im Vergleich zu unseren Schlafzimmern. Keine Fan-Poster mehr, keine Relikte aus Kindertagen, dafür das erste Regal mit Aktenordnern. Hier kommen wir her, wenn wir keine Lust mehr auf Kontrolle haben. Davon haben wir zu wenige Orte und Möglichkeiten. Das Gefühl der ständigen Überwachung schwingt immer mit.
Hier sind wir frei. Lilly tanzt völlig enthemmt mit Darius im Takt vom „Straight outta Compton"-Soundtrack von Dr. Dre. Die sanften Klänge des West-Coast-Hip-Hop lassen uns komplett vergessen, dass es draußen friert.

Wenn ich etwas getrunken habe, werde ich eher zum Eigenbrötler, verliere mich in meiner Gedankenwelt oder werde zum stillen Beobachter, der das Verhalten der anderen analysiert. Mik-Kay wird dann eher zum Schwafler. Manchmal frage ich mich, wo er den ganzen Erzählstoff herholt. Gerade textet er unseren Neuzugang voll.

Jonah schaut ab und an Augen verdrehend zu mir herüber, aber ich kann ihr da nicht helfen. Sie hat sich zu ihm gesetzt, weil sie sich von seinem guten Aussehen hat blenden lassen. Alle fahren auf ihn ab. Breites Kreuz, schmale Hüften, super muskulös ohne protzig zu wirken. Model-Face. Und die cremefarbene enge Röhrenjeans lassen auch nicht viel Fantasie übrig. Optisch stimmt alles.

Aber viel Personality kann er leider nicht bieten. Genauso wenig wie einen breiten Wortschatz. „Ey, Alter, wie heißt noch mal dieser krasse Film von neulich? Irgendwas mit Fist..." Ein tiefes Lachen dringt von der anderen Sofa-Seite zu uns: „Fist of God hieß der." Quaino kann sich sowas komischerweise merken. Obwohl es eine Gabe ist, empfindet er es selbst eher als Fluch, weil ihm dadurch anderes Wissen flöten geht.

Theoretisch sind Mik-Kay und er in derselben Klasse unserer IGS, allerdings verzichtet mein großer Bruder lieber darauf, den täglichen Unterricht wahrzunehmen. Stattdessen hängt er die meiste Zeit mit den falschen Leuten zusammen. Oder verbringt den Tag im Fitnessstudio, um sich noch mehr Muskeln anzutrainieren.

Endlich kommt Jay-D mit den Bieren zurück. Mein Glas mit Wodka-Energy ist zwar noch halb voll, aber eigentlich mag ich es nicht sonderlich gern. Ist viel zu süß. Ich mag lieber den herben Geschmack des Jevers. Die Tatsache, dass wir Halb-Liter-Flaschen leer trinken, stört uns wenig. Jedes Mittel ist uns Recht, den Abend zu genießen, feucht fröhliches Chillen mit Freunden. Völlig egal, dass das Wochenende noch vor uns liegt und wir morgen wieder zur Schule müssen.

Darius und Lilly knutschen mittlerweile wild in der Mitte des Wohnzimmers herum und scheinen uns komplett vergessen zu haben. Verstohlen muss ich immer wieder hinschauen und bin froh, dass ich weite Baggypants trage und sitze. Niemandem fällt meine Beule auf, was gut ist, denn niemand soll wissen, dass ich in den Freund meiner besten Freundin verknallt bin. Er wirkt einfach so herrlich wild – die ganzen Oberarme tätowiert, Augenbrauen- und Zungenpiercing, lange schwarze Haare mit Undercut, groß und schon fast schlaksig. Von Lilly weiß ich, dass er untenrum auch sehr gut gebaut ist und so mancher feuchter Traum dreht sich nur um ihn.

Als ich mich wundere, warum es links von mir so still geworden ist, muss ich grinsen. Jonah hat die Taktik geändert. Anstatt Mik-Kay weiter quatschen zu lassen, hat sie sich in seine Arme geworfen und knutscht nun fröhlich mit ihm herum. Wahrscheinlich eine weise Entscheidung.

Jay-D setzt sich zwischen mich und meinem Bruder, prostet uns fröhlich zu und schnappt sein iPad: „Hey, soll ich euch mal was Cooles zeigen?" Mit flinken Fingern gibt er eine Web-Adresse ein und schon erscheint auf dem Display www.saufspiele.com. Ich bin erstaunt: „Wie bitte, 120 Verschiedene gibt es davon? Na, dann lass uns mal eins ausprobieren." Die Neugier bringt mich dazu, diese Worte sagen. „Yo, little bro, das ist die richtige

Einstellung!" Quaino prostet mir wohlwollend zu. „Was ist mit den French-Kissern? Hey, wollt ihr mitspielen?" Tatsächlich lassen dir vier plötzlich voneinander ab und setzen sich wieder dazu.

Lilly lässt sich in einen der zwei dunkelroten Sitzsäcken fallen: „Können wir 'Ich hab noch nie' spielen?" Tatsächlich ist es direkt das dritte Spiel der langen Liste. Jonah sieht fragend in die Runde, zurückhaltend streicht sie ihre blonden Dip-dyes nach hinten: „Wie geht das denn?" Obwohl sie in meinem Alter ist, wirkt sie mit ihren 14 Jahren noch verhältnismäßig unschuldig.

Mik-Kay übernimmt die Erklärung. Anscheinend kennt er das bereits gut: „Reihum sagt jeder einen Satz wie z. B. 'Ich hab noch nie 'ne Muschi geleckt.' Würdest du den Satz mit 'Richtig' für dich beantworten, hast du Glück und wartest auf den nächsten Satz. Musst du mit 'Falsch' antworten, hast du Pech und musst einen Kurzen zocken."

Alle kichern bei der Wahl des Beispielsatzes. Das wird lustig. Jay-D holt aus einem Schrank noch ein paar Kurze-Gläser und füllt für den Start alle mit Wodka voll.

„Der Jüngste fängt an", sagt Lilly und grinst mich schelmisch an. Sie weiß, dass ich acht Tage nach Jonah Geburtstag habe und damit liegt es an mir, das Spiel zu beginnen. Ich bedenke, dass in der Runde, in der man selbst den Satz sagt, ein Thema sinnvoll ist, auf dem man selbst auf jeden Fall mit 'Richtig' antworten kann.

Ohne groß darüber nachzudenken, sage ich spontan: „Ich habe noch nie mit Lilly geschlafen." Zufrieden lehne ich mich zurück und blicke auf Darius, der seufzend direkt zum Kurzen greift – genau wie Mik-Kay und Quaino. Na hoppla! Hatte ich etwas nicht mit bekommen? Als ich zu Lilly hinüber sehe, funkelt sie mich böse an. Wenn Blicke hätten töten können, wäre das mein Ende gewesen.

Die Männer unserer Runde nehmen es mit Humor und lachen darüber. Jonah hat das Spiel ebenfalls durchschaut, daher sagt sie zielsicher: „Ich habe noch nie Sex gehabt." Wir kichern, während alle anderen kopfschüttelnd zum Glas greifen. Diesmal füllt Darius die Gläser wieder auf. Eindringlich blickt er zu Mik-Kay, der nun offensichtlich eine Frage stellen soll, die uns zum Trinken bringt.

Als er plötzlich mich ansieht, beschleunigt sich mein Puls. Ich kann förmlich sehen, dass es in seinem Kopf rattert. Dann hat er anscheinend die passende Idee und ich ahne Böses: „Ich hab noch nie davon geträumt, einem Kerl einen zu blasen." Fuck! Zu den Spielregeln gehört es auch, ehrlich zu antworten. Will ich jetzt lügen oder spiele ich fair mit und beiße in den sauren Apfel?

Als ich sehe, dass Darius selbst zum Glas greift, sehr zum Entsetzen von Lilly, muss ich innerlich schmunzeln und plötzlich wirkt es nicht mehr schlimm, ehrlich zu sein. Die ausgepackten Geheimnisse werden in dieser Runde bleiben. Ich ergreife mein Glas und proste Darius, Lilly und Jonah zu. Mein Bruder blickt etwas verwirrt in meine Richtung, doch dann lächelt er wissend.

Okay, so kann das Spiel weitergehen. Hier werden wohl noch einige Kracher auf den Tisch kommen. Wir kennen uns seit Jahren, sind miteinander aufgewachsen. Darius, der es sich auf dem anderen Sitzsack gemütlich gemacht hat, ist als nächster dran und sein markantes Gesicht lässt deutlich erkennen, dass er zum

Gegenschlag ausholen wird. Überlegen sagt er laut: „Ich habe noch nie mit meiner Cousine geschlafen."

Jonah schaut irritiert in die Runde, als der Rest von uns in schallendes Gelächter ausbricht und Mik-Kay grummelnd zum Wodka langt. Es war nur einmal passiert und auch dabei hatte Alkohol eine Rolle gespielt. Wahrscheinlich hat jeder von uns solch ein Tabuthema am Start. Mal sehen, wie viele davon im Laufe dieses Spiels noch an die Oberfläche kommen.

Lilly machte es sich einfach: „Ich habe noch nie davon geträumt, mit einem Mädchen zu schlafen." Verstohlen zwinkert sie mir zu, denn zu unserer Überraschung müssen außer uns alle anderen trinken. Jonahs hübsches Gesicht hat sich hochrot verfärbt. Schüchtern blickt sie zu Lilly, die verwundert die Schultern zuckt.

Mal sehen, was mein Bruder für einen Satz wählt. Ich ahne bereits, dass er auf mich zielen wird und ich habe noch nicht zuende gedacht, als die Worte bereits aus seinem Mund sprudeln: „Ich habe noch nie davon geträumt, mich von Darius ficken zu lassen." Blöder

Wichser. Er kennt mich einfach zu gut. Das wird er gleich wiederkriegen.

Lilly, Jonah und ich trinken unser Glas aus. Darius bekommt einen hochroten Kopf und sinkt tiefer in den Sitzsack hinein, blickt aber immer wieder zu mir herüber. Jay-D muss die erste Runde nun beenden. Welchen Satz wird er in den Raum stellen? Nachdem schon so viel über Sex ausgetauscht wurde, verwundert mich seine Frage nicht sonderlich. Allerdings hat er sich wohl ein anderes Ergebnis erhofft: „Ich habe noch nie an einer Orgie teilgenommen." Niemand von uns trinkt.

Ich muss mich schon sehr konzentrieren, um einen passenden Satz zu finden. Der Alkohol steigt mir langsam zu Kopf und ich hoffe sehr, nicht als erster schlapp zu machen. Dann kam mir eine passende Idee: „Ich habe noch nie in Jay-Ds Schlafzimmer Sex gehabt." Dabei blicke ich grinsend zu meinem Sitznachbarn, der nicht schlecht staunt, als sowohl Lilly und Darius ihr Glas heben, als auch Quaino. „Echt jetzt, Leute? Sollte ich wohl mal dringend die Laken wechseln." Alle brechen in schallendes Gelächter aus.

Die ausgelassene Stimmung ist zurück. Jonah

blickt lasziv zu Jay-D und greift dessen Satz wieder auf: „Ich habe noch nie davon geträumt, Teil einer Orgie zu sein." Alle schlucken und bis auf Jonah selbst trinken alle ihr Glas aus, ich auch. Das überrascht mich zwar nicht sonderlich, aber der Gedanke erscheint mir durchaus verlockend. Ich wäre für sowas in einer Gruppe von Fremden viel zu schüchtern. Aber in dieser Runde fühle ich mich sicher. Jeder von uns würde bei Bedarf für die anderen durchs Feuer gehen. Die Altersunterschiede sind dabei völlig unerheblich. Mik-Kay ist wieder an der Reihe und natürlich schlägt er wieder unter die Gürtellinie: „Ich habe noch nie davon geträumt, mich von einem dieser Runde entjungfern zu lassen."

Triumphierend lässt er seine weißen Zähne aufblitzen, während Jonah und ich beschämt zum Glas greifen. Ich habe das Gefühl, dass sie bereits ihr normales Limit erreicht hat. Doch aufgeben will sie wohl auch nicht. Lilly dagegen hat sich besser unter Kontrolle. Sie ist gut im Training und macht nur schlapp, wenn sie die falsche Alkoholsorte, wie beispielsweise Gin, trinkt.

„Ich habe noch nie davon geträumt, Freunden

beim Sex zuzuschauen." Als sie kurz über ihren Satz nachdenkt, fällt ihr der eigene Fehler auf und kichernd greift sie selbst zum Glas. Jonah, Jay-D und ich erheben ebenfalls die Gläser. Allmählich wird es ganz schön schlüpfrig. Quainos hellgrüne Augen liegen auf Mik-Kay und ich habe die Hoffnung, unbeschadet durch diese Runde zu kommen. „Ich habe noch nie davon geträumt, jemanden in dieser Runde zu entjungfern."

Geschickt nimmt mein Bruder damit Mik-Kays Satz auf und wechselte von Passiv zu Aktiv. Obwohl Jonah noch recht frisch in unserer Clique ist, hat sie anscheinend Eindruck hinterlassen, denn bis auf mich trinken alle Jungs dieser Runde ihren Wodka aus. Allerdings sieht Darius dabei zu mir, was mich irritiert. Ich zucke errötend zurück. Hoffentlich wechselt Jay-D das Thema. Sonst geht womöglich diese illustre Runde in eine völlig falsche Richtung.

„Ich habe noch nie ein Saufspiel nackt gespielt." Darius und Lilly prusten plötzlich los und füllen ihre Gläser wieder auf, um diese lachend wieder leer zu trinken. Irgendwie bin ich schon wieder an der Reihe.

Mein mittlerweile völlig benebelter Verstand scheint völlig unabhängig von mir zu arbeiten, denn der Satz, der sich leicht lallend formuliert, wäre unter normalen Umständen niemals über meine Lippen gekommen: „Ich habe noch nie vermutet, dass in dieser Runde eine Orgie möglich wäre."

Ist der Satz wirklich von mir? Alle starren mich an. Dann verteilen sich die Blicke. Lilly trinkt kichernd ihr Glas leer. Sie ist einfach durch und durch verdorben. Der Rest denkt wohl noch darüber nach, was ich da gerade in den Raum gestellt habe. Jonah kann kaum noch die Augen offen halten. Mittlerweile ist die Nacht schon weit fortgeschritten. Auch wenn ihre Worte nur schlecht verständlich sind, kommen sie bei uns an: „Ich habe noch nie Freunde gehabt, die bereit waren, miteinander Sex zu haben."

Ihr fallen die Augen zu und sinkt an Mik-Kays Schulter zusammen. Alle Verbliebenen trinken ihr Glas aus. Lilly und ich tauschen intensive Blicke aus und als ich mein Shirt ausziehe und sie ihr Bluse aufknöpft, ist das Spiel blitzartig vorbei. Als hätten wir unter beiderseitigem Einverständnis das jeweilige

Okay gegeben, blickt sie noch einmal kurz zu Darius, zu dem ich unbeholfen stolpere, während sie es sich auf dem Schoß meines Bruders gemütlich macht.

Als der Freund meiner besten Freundin mir die Hose aufknöpft und sich über mein bestes Stück hermacht, sehe ich aus dem Augenwinkel, wie Mik-Kay Jonahs Tanktop hochzieht und Jay-D das ganze mit seinem iPad filmt. Danach verliere ich mich in das allgemeine Stöhnen und fürchte mich vor dem Kater am Morgen.

Der Chatlog

„Hi"

„Hi."

„Schönes Profil hast du."

„Danke. Was suchst du?"

„Ich wollte mich hier mal überraschen lassen. Spontaner freier Tag. Und du?

„Ich bin um diese Uhrzeit eigentlich immer hier zu finden. Wie kann man dich denn überraschen?"

„Kein Plan. Bin sonst nicht so der Chatter. Aber bei dem Wetter draußen fiel mir nichts Besseres ein."

„Regnet es bei dir? Hier scheint die Sonne am blauen Himmel."

„Blauer Himmel klingt gut. Wo bist du denn?"

„In meinem Wohnzimmer, aber ich kann vom Schreibtisch aus durchs Fenster sehen."

„Du Witzbold. Ich meinte, wo du wohnst."

„In Köln. Und du?"

„In Norden."

„Im Norden? Geht es auch genauer?"

„Nicht im Norden... na ja, doch, irgendwie schon. Ich meinte Norden, die Stadt."

„Ach, und wo finde ich die?"

„In Ostfriesland. Vielleicht schon mal auf Norderney gewesen?"

„Einige Male, in letzter Zeit weniger."

„Ha! Um zum Hafen zu gelangen, musst du durch Norden fahren. Also warst du schon mal in meiner Nähe."

„Und ich habe es nicht gewusst. Wie ärgerlich. Beim nächsten Mal kündige ich mich bei dir an."

„Mach das. Mir fällt grad auf, dass wir uns noch gar nicht vorgestellt haben. Wie heißt du eigentlich?"

„Hm... haben wir glatt vergessen. Ich heiße Quiwano."

„Echt jetzt?"

„Ich heiße wirklich so. Meine Eltern haben sich in Afrika kennen und lieben gelernt. Meine jüngere Schwester heißt Laokua."

„Jetzt verarscht du mich aber. Alter, Eltern können doch unmöglich so grausam sein!"

„Sorry, ich kann es nicht ändern. Doch könnte ich schon, kostet mir aber zu viel Geld. ;-) Ich habe gelernt, damit zu leben. Wie heißt du denn?"

„Felicio."

„Und du machst dich über meinen Namen lustig?"

„Hey, ich finde ihn cool! Meine Eltern dachten während der Schwangerschaft lange Zeit, ich würde eine Felicitas werden, bis der Arzt sie eines Besseren belehrte."

„Dann kannst du ja froh sein, dass dieser noch rechtzeitig dein bestes Stück bemerkte."

„Lach. Ja, allerdings. Was wäre ich ohne mein bestes Stück?!"

„Vermutlich eine Felicitas. ;-)"

„Ha ha, mach dich nur lustig. Wieso bist du eigentlich um diese Uhrzeit immer hier?"

„Das ist so eine Art Pausenzeit für mich. Der Chat hier zerstreut so herrlich meine Gedanken. Gleichzeitig werde ich inspiriert zu neuen Sachen."

„Klingt, als hättest du einen kreativen Beruf."

„Ja, allerdings. Ich habe das Glück, mit dem Schreiben von Büchern mein Geld zu verdienen."

„Hm... kann mich nicht erinnern, jemals ein Buch von einem gewissen Quiwano in der Hand gehalten zu haben."

„Okay, das war altmodisch formuliert. Meine Romane erscheinen ausschließlich als E-book. Unter einem Pseudonym. Ist mir lieber so."

„Also könnte ich mit meinem Kindle fire durchaus etwas von dir gelesen haben. Interessant. Sag mir lieber nicht, unter welchem Namen du schreibst. Das erhöht die Spannung. Das Genre würde mich interessieren. Magst du das verraten?"

„Ich weiß nicht, ob man darunter ein festes Genre versteht, aber ich schreibe schwule Literatur."

„Natürlich. Was frage ich auch so blöd. Hätte ich mir ja denken können. Du bist ja schließlich hier."

„Das ist korrekt. Deswegen bin ich hier. Weil es hier so hübsche Typen wie dich gibt."

„Ich und hübsch? * rotwerd * Da gibt es hier wahrlich Bessere."

„Das ist eine Frage der Ansicht. Meiner Ansicht nach bist du ein hübscher Kerl."

„Okay. Dankeschön."

„Du hast doch mich angeschrieben. Was hast du denn erwartet? Dass ich dein Profilbild ansehe und direkt sage: 'Nein, danke.'?"

„Nein. Ja. Ich weiß auch nicht. Ich habe wohl eher gar nichts erwartet."

„Das ist aber schade."

„Warum?"

„Weil du durchaus etwas zu bieten hast."

„Ach ja? Und das wäre?

„Du bist ein guter Unterhaltungspartner. Es macht Spaß mit dir zu schreiben. Und auch wenn du mir widersprechen magst, ich finde dich weiterhin äußerst attraktiv."

„Okay. Mit dir zu schreiben, macht mir auch Spaß. Danke."

„Jetzt habe ich nochmal eine Frage."

„Ja? Ich bin ganz Ohr."

„Warum hast du mich angeschrieben? Offensichtlich bist du sonst nicht hier und ein routinierter Chatter bist du auch nicht. Also warum gerade ich?"

„Nun ja, also... Mist, darauf war ich nicht vorbereitet. Ich... ähm... zuerst hat mich dein Nikname angesprochen und als ich dein Foto im Profil sah, war ich ein wenig geflasht. * schäm *"

„Ach was! Nun bin ich wohl mit dem Rotwerden dran. Mir war zwar bewusst, dass ich mit meinem optischen Genen Glück gehabt habe, aber das ich jemanden flashen kann, das wusste ich bis dato nicht."

„Es sind wohl deine Augen, die mich so sehr gepackt haben. Solch ein tiefes Grün sieht man selten. Und deine Lippen wirken so, als schreien sie danach geküsst zu werden."

„Meine Lippen schreien. Anscheinend bin ich nicht der einzige Poet in diesem Chat zu sein. Respekt."

„Ach je! Sorry, wenn ich über die Stränge geschlagen habe. Manchmal kann ich mich einfach nicht zurückhalten."

„Alles gut. Keine Panik. Bei mir brauchst du nichts zurückhalten."

„Das klingt jetzt aber etwas zweideutig. * grins *"

„Na hoppla! Jetzt sehe ich es auch. War nicht beabsichtigt. Der Satz behält aber in beiden Deutigkeiten seine Gültigkeit. ;-)"

„Das glaube ich dir gern. Da wären wir wieder bei meinem besten Stück."

„Allerdings. Ich hoffe, dieses ist mittlerweile leichter zu finden als auf dem Ultraschallbild."

„Lach. Allerdings. Weder Lupe noch Kontaktlinsen nötig. Du kannst ihn gar nicht übersehen."

„Und selbst wenn, würde ich danach suchen, bis ich ihn finde."

„Na, da ist aber einer hartnäckig."

„Ich würde es eher zielorientiert nennen."

„Ich dachte immer, der Weg ist das Ziel."

„Fragt sich nur, wohin der Weg führt."

„Also was mein bestes Stück betrifft, ist das Ziel grundsätzlich ein recht spritziges Finale."

„Hört sich gut an. Dann bin ich gerne bereit, den Weg dahin zu gehen."

„Das glaube ich dir sofort. Mittlerweile würde mich ja dein bestes Stück interessieren."

„Was interessiert dich denn daran?"

„Alles. Länge, Umfang, Farbe, cut oder uncut und was du am liebsten damit anstellst."

„Ein Detail-Fetischist. Ich hoffe doch sehr, dass deine Hände weiterhin nur auf der Tastatur liegen."

„Oh."

„Oh was?"

„War das eine Bedingung für diese Unterhaltung? Es ist schwer, seine Hände auf dem Tisch zu lassen, wenn man nackt ist."

„Wie nackt? Du sitzt ohne Klamotten am Rechner?"

„Klar, du nicht?"

„Nein, aber bei der Vorstellung, dass du, während wir schreiben, an deinem besten Stück rumspielst, wird mir glatt die Hose eng."

„Wie eng? Stichwort Detail-Fetischist. Diese Fakten hast du mir noch vorenthalten."

„Da war mir auch noch nicht klar, dass du auf dem Weg zum Ziel bist."

„Lach. Wir können ja einen Deal machen. Ich erzähle dir die Details zu meinem besten Stück. Und im Gegenzug nennst du mir deine, okay?"

„Hm... das hört sich nach einem guten Deal an, weil ich davon ausgehe, dass deine Maße bereits im voller Größe vor dir liegen – ich meine stehen. ;-)"

„Steht kerzengerade nach oben. Ein Lusttropfen bildet sich bereits oben darauf. Nun zu den Fakten: 19x5, hellrosa mit vielen dunklen Äderchen, uncut, und am liebsten lasse ich ihn mir von älteren Männern blasen."

„Wow, geil. Musste mir erst einmal die Hose aufmachen. Allein die Vorstellung, wie du da sitzt, macht mich rasend. Nur zu gerne wäre ich jetzt bei dir. Meine Lippen schreien jetzt geradezu nach deinem besten Stück."

„Das glaube ich gerne. Wärst du jetzt hier, würde ich dich sofort an alles an mir lassen. Jetzt gib mir bitte die Details, damit ich mir die Situation in vollem Ausmaß vorstellen kann."

„Ja, schon gut. Ich habe mein bestes Stück mittlerweile auch ausgepackt und stell mir grad vor, was deine Lippen damit anstellen könnten. Zu den Details: 23x6, uncut, dunkelrosa, eher glatt, und ich liebe es, damit Minderjährige Boys wie dich zu ficken."

„Dazu wird es nicht kommen. Hier spricht der Vater von Felicio. Ich arbeite bei der Kripo. Vielen Dank für das informative Gespräch."

Ein verhängnisvoller Abend

Als Milans Bewusstsein die Arbeit wieder aufnahm, spürte er nichts als Schmerzen. Trotz aller Bemühungen waren seine Augenlider zu schwach, um die Umgebung wahrzunehmen. Doch der Geruch von Desinfizierungsmittel ließ Milan erahnen, dass er in einem Krankenhausbett lag.

Sein Hals ließ sich nicht bewegen, anscheinend war dieser mit irgendetwas fixiert. Beim Kräuseln der Stirn bewegte sich ein Kopfverband mit, der leichten Druck ausübte. Er wollte diesen mit seiner linken Hand ertasten, doch als er den Arm hob, durchzog ein so heftiges Ziehen diese Extremität, dass er den Versuch schnell wieder aufgab.

Was war nur geschehen? In seinen Erinnerungen klaffte eine große Lücke. Er spulte seine Gedächtnischronik zurück und die letzte Szene, die sich vor seinem inneren Auge abspielen ließ, war die Verabschiedung seiner Eltern. Diese waren bei Freunden in Hamburg zu einer Dinnerparty eingeladen und hatten ein Hotel zum Übernachten gebucht.

Schon in der Tür fragte seine Mutter noch: „Christoph kommt doch sicher auch noch vorbei, oder?" Milan sah sich selbst, wie er nickte. Dann erschien plötzlich ein Flash-back: Sein bester Freund saß im Wohnzimmer vor dem Fernseher. Das volle dunkelbraune Haare sah gewollt verwuschelt aus. Milan sah nur dessen Profil, also musste er selbst vor der Küchentür stehen. In der Hand eine große Flasche Wodka. Als Christoph ihn und die Flasche bemerkte, grinste er verschmitzt. Die stechenden mandelbraunen Augen blitzten verführerisch auf: „Die schaffen wir heute noch."

Dann erlosch die Szene wieder. Was war nur geschehen? Der Alkohol allein konnte ihn nicht ins Krankenhaus gebracht haben. Mit seinen siebzehn Jahren und seinem trainierten Körperbau hätte er die Flasche Wodka auch alleine leer trinken können. Er versuchte zur Abwechslung den rechten Arm zu heben, doch das hätte er besser bleiben lassen können. Die Wucht des Schmerzes war so heftig, dass sein Bewusstsein erneut den Geist aufgab.

Als er langsam wieder zu sich kam, hörte er Stimmen in seinem Zimmer. Ein angeregtes

Streitgespräch war bereits in vollem Gange. „Du lässt ihm immer zu viel Freiraum. Der Junge braucht Grenzen." Sein Vater. „Einer muss ja zu ihm halten. Du hältst ihm immer nur seine negativen Seiten vor." Seine Mutter. „Zur Zeit kann ich wirklich nicht viel Positives an ihm entdecken. Wenn ich das gewusst hätte, wäre die Garage abgeschlossen gewesen." Sein Vater. „Du denkst natürlich nur wieder an dein Auto. Du kannst dir einen Neuen kaufen. Milan gibt es nur einmal." Seine Mutter.

Ein neuer Flash-back zog durch Milans Gehirn und ließ ihn aufstöhnen. Er sah sich selbst, am Steuer vom schwarzen BMW Z4 seines Vaters. Laute Heavy-Metal-Bässe dröhnten aus den Boxen. Wütende Tränen liefen über seine Wangen. Er drückte das Gaspedal weiter durch, trank noch einen Schluck Wodka aus der fast leeren Flasche.

Wieder verblasste das Bild und alle Versuche, an dieser Erinnerung festzuhalten und den Film weiterlaufen zu lassen, misslangen. Die Zimmertür wurde aufgerissen: „Ist er okay?" Das war die Stimme seiner Freundin Larissa. Exfreundin, korrigierte sich Milan selbst. Er hatte mit ihr Schluss gemacht, weil er sie nicht liebte. Sie hatte getobt und geweint, doch ihre Argumente konnten ihn nicht überzeugen.

Wieso war Christoph denn nicht da? Hatte er mit im Auto gesessen? Wenn er selbst verletzt war? Dieser Gedanke versetzte Milan einen Stich ins Herz. Was war nur geschehen? Er musste es endlich herausfinden. Mit aller Willenskraft ignorierte er die Schmerzen und es dauerte eine Weile, aber es gelang ihm, die Augen zu öffnen.

Seine Mutter entdeckte den wachen Zustand ihres Sohnes zuerst: „Seht nur, er ist wach! Gott sei Dank. Wie geht es dir?" Sie setzte sich liebevoll auf die Bettkante, nicht ahnend, dass diese Vibration neue Schmerzen verursachte. Milan wollte sie trösten; mühsam formte er die Worte: „Es geht mir gut." Nur leise drangen die entsprechenden Töne aus seinem Mund heraus. Sein Vater lachte kurz auf: „Ha, es geht ihm gut. Dann kann ich ja endlich wieder zur Arbeit gehen." Er griff sein Jackett und stürmte aus dem Krankenzimmer.

Larissa kam auf die andere Seite seines Bettes

und strich ihm sanft über die blonden Haare. Am liebsten hätte er ihre Hand abgewehrt, aber er konnte es nicht. Stattdessen sagte er direkt: „Lass mich in Ruhe. Wir sind nicht mehr zusammen. Du brauchst dich nicht um mich zu kümmern." Als hätte sie sich verbrannt, zuckte sie zurück. Tränen stiegen ihr in die Augen und ein hilfesuchender Blick zur Mutter brachte ihr nur ein Schulterzucken ein.
„Du bist so ein Arschloch", schrie sie ihm entgegen, dann rannte sie aus dem Zimmer. Milan schien erleichtert. Doch zwei Fragen waren noch ungeklärt. Was war geschehen? Und wo war Christoph? Als hätte seine Mutter geahnt, wonach er fragen wollte, antwortete sie: „Du hast eine starke Gehirnerschütterung. Nach dem schweren Autounfall kannst du froh sein, dass es noch glimpflich für dich ausgegangen ist. Dein rechter Arm ist gebrochen, der Linke verstaucht und ein paar Prellungen an den Rippen hast du dir zugezogen."
Milan zuckte schon nicht mehr als der dritte Flash-back auftauchte: Im Auto schrie er seine Wut heraus, seine Verzweiflung, seine Hände trommelten wild auf dem gepolsterten Steuerrad

herum. Das Tacho hatte die 100 km/h weit überschritten, weit und breit keine Menschenseele und keine anderen Fahrzeuge. Und in einem Moment völliger Klarheit ließ er der Lenker los und schloss die Augen.

„Mein Junge, was ist los?", fragte seine Mutter panisch, sodass Milan wieder in der Realität ankam. Hilflos sah er ihr in die Augen: „Es tut mir so Leid. Ich hab das absichtlich getan." Ihre Augen weiteten sich; sie wich ein Stück zurück: „Absichtlich? Aber warum denn? Du hast eine tolle Familie, viele Freunde und bist gut in der Schule. Ich konnte übrigens Christoph bisher nicht erreichen. Zum Glück saß er nicht bei dir im Wagen."
Erleichtert sank Milan ein Stück weit zurück ins Kissen. Er musste sich um seinen besten Freund keine Sorgen machen. Doch als dieser Druck von ihm abfiel, gab sein Gehirn auch den Rest der Erinnerungen frei. Eine ganze Reihe von Szenen komplettierten endlich das Bild: Milan, wie er sich mit der Wodkaflasche zu Christoph setzte. Christoph, der fragte: „Milan, hast du auch eine Naht am Sack?" Milan, der lachte: „Keine Ahnung, ich könnte nachschauen, wenn du willst."

Christoph, wie er lachend abwinkte und auf einen Pornokanal umschaltete.

Milan und Christoph beim Zuprosten.

Milan, dem die Frage keine Ruhe lässt und seine Hose aufknöpft.

Christoph, der das mitkriegt und verwundert fragt: „Alter, was machst du denn?"

Milan, der bestätigt: „Ich hab da auch eine Naht. Es ist alles in Ordnung."

Christoph und Milan, wie sie darüber lachen.

Milan, der fragt: „Wie sieht denn deiner aus? Meinen hast du ja schon gesehen?"

Christoph, der kurz zögert, aber dann doch seine Hose öffnet.

Milan, der fasziniert anfängt zu wichsen.

Christoph, der beschämt zum Fernseher blickt, aber selbst Hand anlegt.

Milan, der lieber aufs Christophs Bewegungen achtet als auf den Porno.

Milan, der sich immer näher heranwagt.

Milan, der spontan den Mut hat, Christoph zu küssen.

Christoph, der ihn verwirrt von sich abwehrt.

Christoph, der panisch aufspringt und wegrennt.

Milan, der mit dem Rest der Flasche Wodka

zurückbleibt.

Milan, der die Autoschlüssel seines Vaters auf der Anrichte entdeckt.

Eine einfache Frage

Ich verachte Männer, die um ihr Leben betteln. Wenn dich jemand töten will, stell dich ihm mutig in den Weg und ertrage das Ende mit Fassung.

„Bitte, tun Sie mir nichts. Ich habe Familie zu Hause." Na und? Was bedeutet das schon. Die werden wir als Nächstes holen und dann erwartet ihnen das gleiche Schicksal wie dieser armen Drecksau. Ein scharfer bissiger Geruch steigt mir in die Nase. Hat der Penner sich etwa bereits bepisst? So ein Schisser! Na warte, dem werde ich noch zeigen, was richtige Angst ist.

„Bitte, lassen Sie mich gehen. Ich habe nichts Unrechtes getan." Das stimmt im Großen und Ganzen. Nur ändert das die Situation nicht. Mein Werkzeug liegt schon bereit. Wie schön, dann können wir ja beginnen. „Wer ist der Maulwurf in eurem Dorf?" Das Zucken an den Augen verrät ihn. Wusste ich doch, dass dieser Wichser weiß, wer es ist. Mal sehen, wie lange es dauert, bis das Vögelchen zwitschert.

„Was denn für ein Maulwurf? Wovon reden Sie

denn?" Ach, machen wir erst mal einen auf Unschuldig? Okay. Die Nummer treibe ich dir schnell aus. Fangen wir doch mal mit dem Schraubenzieher an. Der knirscht so herrlich, wenn er auf den rohen Knochen trifft. Ohne zu zögern hole ich aus und ramme ihm das Teil direkt in die rechte Kniescheibe.

„Wer ist der Maulwurf?" Sein Gejaule ist kläglich, aber sein schmerzverzerrtes Gesicht gibt mir ein wenig Genugtuung. Wenn er schlau ist, nutzt er meine Gutmütigkeit nicht aus. Der Tod ist nicht das Schlimmste, das einem passieren kann. „Bitte... bitte, ziehen sie es raus. Es tut so schrecklich weh. Ich weiß nichts über einen Maulwurf. Ich weiß nicht einmal, um was es hier geht. Bitte, ziehen sie es raus."

Ich drehe noch einmal genüsslich um und höre, wie irgendetwas darin splittert. Dann ziehe ich den Schraubendreher wieder heraus, wische das Blut ab. Der beißende Geruch kombiniert sich jetzt mit dem Eisenhaltigen der dunkelroten Flüssigkeit. „Einer eurer Männer kooperiert mit MS-13. Gibt fröhlich Informationen weiter an den Feind. Meinem Boss passt das überhaupt nicht. Und mir auch nicht." Der Waschlappen laufen die Tränen über die Wangen. Das hat wohl weh getan. Armes Ding. Hättest ja gleich dein Maul aufmachen können.

Was nehme ich denn als nächstes? Ach, ich kann mich immer so schlecht entscheiden. Mache ich mit der dünnen langen Nadel weiter oder lieber mit einer Rasierklinge? „Bitte, hören Sie auf. Wir sind alle treu der Barrio 18 ergeben. Niemand von uns würde sich auf die andere Seite schlagen." Ach, ist das so? Und warum ist sich mein Boss dann so sicher, dass einer von denen definitiv die Seite gewechselt hat? Ich nehme die Rasierklinge in die Hand. Allein dadurch weiten sich seine Augen, als wäre ein Ufo gelandet. Panische Angst steht darin riesengroß geschrieben. Ist schon irgendwie blöd, wenn man nackt auf einem Stuhl gefesselt ist. Man ist so verletzlich. Als ich einen kleinen Schritt auf ihn zugehe, wird sein Flehen lauter: „Bitte, lassen Sie mich gehen. Ich hab die Information nicht, die Sie brauchen. Warum sollte einer von uns so ein Risiko eingehen?"

Schweißperlen bilden sich auf der Stirn und landen plump auf seine dunkelbraunen

Oberschenkel. Wie erbärmlich. Keinen Funken Würde in diesem Mann. Dieses höfliche Sie ist doch nur geheuchelt. Am liebsten würde ich ihm direkt in die Fresse treten. Aber aus Erfahrung weiß ich, dass das nicht effektiv genug ist. Die Befriedigung hält nicht lange an. „Nun ja, da dachte wohl einer von euch, dass er darauf Profit schlagen könnte. Geld verdirbt die Seele. Ein dunkler Ort wird daraus, dessen Macht dich in die tiefsten Perversitäten treibt. Glaub mir, ich weiß, wovon ich rede."

Ich lasse nur kurz meinen Arm zucken, was aber vollkommen ausreicht, um unter seinem linken Ohr eine sehr feine, fünf Zentimeter lange Linie zu ziehen. Weil es eine erogene Zone ist. Verlaufen dort viele Nervenbahnen, die ich mit einer gekonnten Bewegung gleichzeitig angeritzt habe.

Ein lauter Aufschrei bringt ihn zum Pusten. Seine Atmung geht schneller. „Ich weiß nicht, wer der Maulwurf ist." Hm... Das hört sich schon besser an. Zumindest höre ich daraus, dass ihm sehr wohl bewusst ist, dass es in seinem Dorf einen Maulwurf gibt. Ich bekomme den Namen schon aus ihm heraus.

Mal sehen, wie wichtig ihm sein Augenlicht ist. Die meisten Menschen reagieren sehr empfindlich darauf, wenn man ihnen eine Nadel direkt vor die Pupille hält. Das Rasiermesser lege ich vorerst zur Seite. Dagegen eingetauscht glänzt das schmale silbern glänzende Ding in meiner Hand und dessen sehr feine Spitze fängt das Licht des schwachen Deckenlichtes ein.

„Warum machst du es dir so schwer? Ich brauch doch nur diesen einen Namen. Danach wird alles ganz schnell gehen. Ganz unkompliziert. Dieser Weg ist doch unnötig." Vorsichtig streiche ich mit der Nadelspitze unter seinen Augenbrauen entlang. Zitternd hält er still, wimmert, der Schweiß scheint aus allen Poren gleichzeitig zu dringen.

„Ich kann dir den Namen nicht sagen." Oho, da kommen wir der Sache aber plötzlich näher! Er weiß also sehr wohl, wer der Maulwurf ist. Jetzt hat mich dieser Wichser aber neugierig gemacht, warum er den Namen nicht sagen kann. Ich beuge mich etwas nach vorne und fahre mit der Nadelspitze über sein schlaffes Glied. Mit der Größe seiner Eier sollte dieser Kerl eigentlich mehr Rückgrat zeigen.

Stattdessen wimmert er wie ein kleines Mädchen: „Ich kann nicht. Ich kann nicht. Ich kann nicht." Ich brauche kaum Schwung nehmen. Die Nadel bohrt sich durch die Eichel, als wäre es Butter. Hysterische Schreie unterstreichen seinen Schmerz. Ich lehne mich gelangweilt an die raue Wand. „Das muss ja ein unglaublich wichtiger Grund sein, den Namen nicht zu verraten. Wenn ich an deiner Stelle gewesen wäre, hätte ich bestimmt eher meine Potenz gewählt. Kameradschaft wird überbewertet."

Allmählich werde ich ungeduldig. Es kann doch nicht so schwer sein, jemanden auf Gedeih und Verderb zu verraten. Vor allem, wenn man weiß, dass man das eigene Ende sowieso vor sich hat. Warum lange leiden, wenn man einfach sterben kann? Ich werde wohl zum Klassiker übergehen müssen. Die älter werdende Kneifzange lacht mich angriffslustig an.

Wenn ihm sein Schwanz schon egal ist, mal sehen, wie wichtig seine Zähne für ihn sind. „Ich brauche diesen Namen. Wer von euch arbeitet mit der Konkurrenz? Je länger das hier dauert, um so mehr bekomme ich Lust, dieses Spiel auch mit deinen Kindern durchzuführen. Ob die wohl wissen, wer der Maulwurf ist?"

Falls der Typ noch Farbe im Gesicht hatte, weicht nun der letzte Rest daraus. „Ich... ich..." Ich baue mich direkt vor ihm auf. Mit der rechten Hand öffne und schließe ich die Kneifzange, um den Druck zu erhöhen. „Mach den Mund auf! Wenn du eh nicht redest, brauchst du deine Zähne ja nicht."

Nun bekommt er richtig Panik. Er zerrt am Stuhl, windet den Kopf hin und her und versucht, sich zu befreien. Was natürlich zwecklos ist, weil meine Knoten viel zu fest gezogen sind. Ich drücke seinen Kopf nach hinten, dann versucht der Trottel es noch einmal: „Ja, okay, ich weiß, wer der Maulwurf ist." Doch das ist nicht das was ich hören will. Diese Information hatte ich bereits.

Obwohl er dagegen hält, drücke ich seinen Mund auf, greife mir einen vorderen Schneidezahn und setze die Kneifzange mit möglichst hoher Hebewirkung an. Mit Schwung ziehe ich nach oben und knacks, bricht der Zahn weg. Das Geheule wegen der Schmerzen ist ohrenbetäubend, trotzdem kann ich mir ein leichtes Kichern nicht verkneifen.

„Wer ist der Maulwurf? Bisher war ich noch nett zu dir. Ich kann ohne Weiteres einen Gang hoch schalten." Ich kann in seinen dunkelbraunen Augen erkennen, das er tatsächlich abwiegt, wie wichtig ihm das eigene Leben ist. Ob es nicht doch besser wäre, die mir wichtige Information preiszugeben.

„Du wirst den Maulwurf töten, oder?" Hm, mit dieser Frage hatte ich nicht gerechnet. Ich bin enttäuscht. Sollte das eine rhetorische Frage sein? „Natürlich werde ich den Maulwurf umbringen. Stand das für dich jemals zur Debatte? Wer uns verrät, muss vernichtet werden." Unsere Richtlinien sind einfach gestrickt. Bist du für uns, kämpfst du mit uns. Bist du gegen uns, kämpfen wir gegen dich.

Ich greife zum Hackebeil. Zum Gliedmaßen abtrennen genau das Richtige. Meistens fange ich mit dem kleinen Finger an – oder mit dem kleinen Zeh. „Bitte, hör auf damit – mich zu zerstümmeln, wird dir keinen Frieden bringen. Selbst wenn ich dir sage, wer der Maulwurf ist."

Das ist ja mal ein lustiger Gedanken. Die

Bürgerkriege sind zwar schon vor zwanzig Jahren beendet worden. Aber Frieden? Den haben wir seitdem nicht gesehen. Unsere Banden haben unsere Heimat El Salvador seitdem in fester Hand. Niemand ist sicher. Das paranoide Verhalten der Bosse lässt alle in Angst und Schrecken erzittern.

„Wer ist der Maulwurf? Sag es mir lieber jetzt oder ich trenne dir nach und nach so viele Körperteile ab bis du jämmerlich verblutest." Etwas veränderte sich in der Haltung des Schwächlings. In seinen Augen blitzte eine Form von Aufgabe auf, von Resignation. Endlich gab dieser Blödmann auf.

„Es tut mir Leid. Ich bin schwächer als ich dachte. Bitte verzeih mir." Solle ich etwas Milde walten lassen? Was dachte dieser Idiot nur? So einfach würde er mir nicht davon kommen. „Na komm schon, spuck's aus! Wer ist der Maulwurf."

Fast hatte ich das Gefühl, als würde diesem niederen Wesen ein Hauch von Stärke zurückgegeben. Seine Haltung verbesserte sich, trotz Schmerzen, wieder und der Blick wurde fies und bitter: „Dein Onkel ist der Maulwurf. Bist du jetzt zufrieden, Cousin? Wenn es dir

Spaß macht, deine eigene Familie abzuschlachten, nur zu. In diesem Land kommt es auf einen Mord mehr oder weniger eh nicht mehr drauf an."

Routiniert griff ich nach hinten, zog meinen Revolver aus dem Halfter, hielt es ihm vor die Stirn und drückte ab. Warum nicht gleich so?

Kein Zurück

Die Scheiben der Glastür waren nicht geputzt. Mir fielen sofort die kleinen Schlieren auf, die sich mit weißen Rändern unvorteilhaft auf dem durchsichtigen Material absetzten. Meine Freundin zog die Tür auf und als wir durch die Tür schlüpften, hoffte ich, dass sich diese Schlamperei nicht durch die ganze Praxis zog. Unser Vorhaben konnte sich keine Patzer leisten und während wir durch den steril weißen Flur schritten kamen mir Zweifel, ob wir das Richtige taten. Immer wieder blickten ihre tiefblauen Augen zu mir hoch und darin sah ich die unausgesprochene Frage, ob ich meine Meinung nicht doch noch ändern könnte. Meine starke Hand legte sich in ihren Rücken und trieb sie voran.

Mir war in jeder Sekunde bewusst, dass ich Unmenschliches von ihr verlangte; sie tat es nur für mich, weil sie mich liebte. Nicht, weil sie es wollte. Ein Teil von mir war ihrer Meinung, doch mein Verstand siegte letztendlich immer. Und genau dieser trieb mich zu dieser Entscheidung.

Die Empfangsdame empfing uns freundlich, nahm die benötigten Daten auf, zog die Krankenkassenkarte durch einen Schlitz ihrer Tastatur und notierte ein paar Dinge für den zuständigen Arzt. Mit netten Worten wurden wir aufgefordert, noch einen Moment im Wartezimmer Platz zu nehmen.

Was taten wir hier eigentlich? Niemand zwang uns zu dieser Maßnahme. Wir hatten beide gute Jobs, verdienten mehr Geld, als wir ausgeben konnten. Uns ging es gut. Mit einem mulmigen Gefühl öffneten wir die Tür, doch im Wartezimmer befanden sich nur leere Stühle. Wir hatten die freie Auswahl.

Freie Wahl. Genau diese trieb uns hierher. Doch hatten wir die Wahl dazu? Konnten wir das tun? Während wir uns setzten, dachte ich darüber nach, wie uns der Weg hierher geführt hatte. Wir hatten uns beim Theater kennengelernt. Ich arbeitete hinter den Kulissen, sie war der glänzende Stern auf der Bühne.

All meine Kollegen hatten sie angehimmelt, doch aus mir unerfindlichen Gründen hatte sie nur Augen für mich. Ihre grazile Gestalt, das honigblonde Haare, die blauen Augen – sie war ein Blickfang, dem nicht einmal ich mich entziehen konnte. Ich blickte auf ihre filigranen Hände und sah, dass sie zitterten. Instinktiv griff ich nach ihnen und versuchte, ihre Angst ein wenig zu nehmen, doch ich spürte, dass ich nicht zu ihr durchdrang.

Ich konnte es ihr nicht verübeln. Diese Entscheidung war völlig irrational, unbegründbar und unentschuldbar. Trotzdem erschien es mir als der einzig wahre Ausweg. Ein tiefer innerer Impuls in mir wollte einfach nur aufspringen, meine Liebste mit mir nehmen und von hier fortrennen.

Doch es wäre falsch gewesen, deswegen blieb ich stoisch sitzen, mit dem Wissen, dass ich mit dieser Aktion unsere Herzen für immer brechen würde. Ich war mir nicht einmal sicher, ob unsere Beziehung stark genug war, diesen Moment zu überstehen und ich konnte nur hoffen, dass es für uns eine Zukunft gab. Obwohl ich mir gleichzeitig nicht sicher war, ob es überhaupt sinnvoll sein würde, hiermit weiterzumachen.

Meine rechte Hand strich durch ihr Haar und ich wusste, dass ich sie liebte. Welche Art von Liebe dies war, das vermochte ich allerdings nicht zu sagen. Wusste sie, dass sie nicht allein in meinem Leben war?

Plötzlich wurden wir von der Empfangsdame aufgeschreckt: „Sie sind jetzt dran. Der Arzt erwartet sie." Ich atmete tief ein und drückte die Hand meiner Freundin noch fester. Ein letzter Blick besiegelte unseren Entschluss und mit Schwung erhoben wir uns gemeinsam.

Als wir den Praxisraum erreichten, wurde mir übel. Mein Magen schien Purzelbäume zu schlagen und auf einmal war ich mir nicht mehr sicher, ob wir das Richtige taten. Der noch recht junge, gutaussehende Arzt begrüßte uns enthusiastisch und mir fiel es schwer, den Blick von ihm zu lassen. Meine Freundin wurde aufgefordert, sich zu entkleiden, ein grässliches OP-Hemdchen anzuziehen und auf einem ungemütlich wirkenden Gynäkologie-Stuhl Platz zu nehmen.

Wohlwollend lächelte der Arzt uns zu und sagte fröhlich: „Alles wird gut werden. Ihr braucht keine Angst zu haben. Es wird eine besser passendere Zeit geben." Das sollte uns aufmuntern, doch es machte mir nur mehr bewusst, dass der Moment gekommen war, den letzten Schritt zu wagen.

Ich durfte ihre Hand halten, war bei der ganzen Prozedur anwesend und während ich ihre leisen Schluchzer hörte, sah ich dabei zu, wie der hübsche Arzt mit verschiedenen silbern glänzenden Werkzeugen im Inneren meiner Freundin herumstocherte.

Es ist ein Wunder, dass mir dabei nicht schlecht wurde, aber vielleicht hielt mich die Faszination des Unmöglichen aufrecht, das Wissen, etwas zu tun, dass niemand gutheißen würde und es doch zu tun – gegen jede Vernunft. Oder eben genau wegen dieser.

Immer wieder vergewisserte ich mich, ob sie Schmerzen hatte und glücklicherweise verneinte sie diese Frage immer wieder. In jeder Sekunde war mir bewusst, dass ich mich nur nach den körperlichen Schmerzen erkundigte. Wie es in ihrem Inneren aussah, wollte ich gar nicht wissen.

Ich hatte sie in die Dunkelste aller Ecken getrieben. Wer dort landete, sah kein Licht mehr. Der Arzt sagte am Ende der Behandlung freudestrahlend: „Es ist hervorragend gelaufen. Das gewünschte Ergebnis ist eingetreten. Sie brauchen sich keine Sorgen mehr zu machen."

Obwohl ich immer noch ihre Hand hielt, hatte ich etwas in uns beiden zerstört, hatte ich etwas in ihr zerstören lassen. Das Blut in der Nierenschale spiegelte die Realität wider. Es würde kein gemeinsames Baby geben.

Melinda

„Schatz, ich muss noch einmal für eine Stunde ins Büro. Du kannst gerne hier warten", teilte meine neue Freundin mir mit. Larijas Chef hatte eine fragwürdige Einstellung zu den Arbeitszeiten seiner Angestellten. Obwohl es Freitag Abend war, musste sie jederzeit abrufbar sein und ihr Handy piepte ununterbrochen.

Wenn sie nicht so unglaublich heiß gewesen wäre, hätte ich längst die Flucht ergriffen. Doch ihre Kurven ergänzten die erotische Ausstrahlung, die sie besaß und sie war intelligent genug, diese nicht in den Vordergrund zu stellen. Bisher hatten wir uns nur in meiner Wohnung getroffen, denn sie wohnte mit ihrer Mutter zusammen.

Das Verhältnis zwischen den beiden schien schwierig zu sein. Larija erzählte nur wenig von ihr und ich wollte mich nicht mit Fragen aufdrängen. Sie hatte dafür gesorgt, dass ihre Mutter ausging, denn sie wollte mir etwas in ihrem Zimmer zeigen. Nun saß ich allein in der Altbauwohnung und suchte nach einer

Beschäftigung.

Wahllos lief ich im Wohnzimmer umher und entdeckte eine Kommode, auf der Familienfotos standen. Auf einem großen Bild saß Larija neben einer Frau, die wie ihre ältere Schwester wirkte. Ich wusste aber, dass sie ein Einzelkind war, wie ich. Konnte das ihre Mutter sein?

Das Foto konnte nicht sehr alt sein, denn Larija trug heute die gleiche Frisur wie dort. Ich schätzte ihre Erzeugerin daher auf Mitte 30. Die beiden sahen sich unglaublich ähnlich. Verwundert lief ich in die Küche. Im Kühlschrank fand ich ein kühles Bier und nahm einen großen Schluck davon.

Mit der Flasche ging ich ins Wohnzimmer zurück und schaltete den Plasmafernseher an. Das Teil war doppelt so groß wie mein TV. Sinnlos zappte ich durch die vielen Programme, doch kein Sender behielt meine Aufmerksamkeit länger als ein paar Minuten.

Als ich hörte, wie der Schlüssel die Wohnungstür öffnete, schaltete ich das Gerät wieder ab. Meine Aufmerksamkeit sollte Larija gehören, daran wollte ich keine Zweifel lassen. Ich stand sogar auf und lief in den

Flur, schließlich freute ich mich, dass sie viel früher als erwartet zurück war.

Doch ich blieb irritiert an der Tür stehen. Mir gegenüber stand Larijas Mutter, die mich überrascht musterte. Ihre ozeanblauen Augen registrierten jedes Detail und ihr schien zu gefallen, was sie sah. Ich machte einen höflichen Schritt auf sie zu: „Guten Abend, Frau Wenholt. Ich bin Adam, der Freund ihrer Tochter. Freut mich, Sie kennenzulernen."

Sie streifte sich die schwarzen High heels von den Füßen und hängte ihre Jacke an die Garderobe. Das ebenfalls schwarze Etuikleid war rückenfrei und ziemlich kurz. „Frau Wenholt ist meine Mutter, Süßer. Ich heiße Melinda", raunte sie mir entgegen, als sie mir die Hand reichte. Ich versuchte mit aller Macht, nicht auf ihr üppiges Dekolletee zu starren.

Sie lief mit lasziv wackelndem Po an mir vorbei ins Wohnzimmer. „Ist Larija mal wieder eben kurz ins Büro gerannt?" Sie sah meine Bierflasche und holte sich aus der Küche eine eigene heraus. „Ja, nur für eine Stunde, hat sie gesagt."

Ich wollte ihr folgen, doch sie kam bereits

zurück. „Ich weiß, dass ich nicht hier sein sollte. Aber mein Date ist geplatzt. Der Typ war ein Schlappschwanz, ohne Eier in der Hose." Darauf konnte ich spontan nichts erwidern. Stumm sah ich zu, wie sie es sich auf der Couch gemütlich machte. Sie rekelte sich regelrecht in die violetten Kissen und streckte dabei ihre grazilen Beine über die weiche Lehne.

„Setz dich, Junge. Sei doch nicht so schüchtern! Ich hoffe, bei Larija stellst du dich besser an. Wie ist sie denn im Bett? Soll ich ihr noch etwas beibringen?" Mein Gesicht wurde krebsrot und ich setzte mich. Wir hatten bereits ein paar Mal miteinander geschlafen, aber von einem eingespielten Team waren wir noch weit entfernt. Ich hatte allerdings wenig Lust, das mit ihrer Mutter zu diskutieren.

Allmählich verstand ich, warum Larija sich so bedeckt hielt, wenn es um ihre Mama ging. Zwar hatte sie meine Eltern auch noch nicht kennengelernt, doch ich würde sie eher als konservativ beschreiben. Melinda trank das Bier schneller als ich, sodass sie mich kokett lächelnd bat, ihr ein Weiteres zu holen. Als ich es vor ihr abstellte, fragte sie mich direkt: „Wie alt bist du, Adam und was machst du so? Von meiner Tochter erfahre ich ja nichts." Ich setzte mich wieder und nach einem Schluck Bier antwortete ich: „Ich bin 19 und im dritten Jahr meiner Maurer-Ausbildung." Verzückt richtete sie sich auf: „Ein Handwerker! Dann kannst du wenigstens kräftig zupacken und bist nicht zimperlich." Sie schlug adrett die Beine übereinander und kramte aus ihrer Handtasche, die auf dem Tisch lag, eine Packung Zigaretten heraus.

Sie zündete sie an und zog am Filter, was aufgrund ihrer vollen roten Lippen und dem Schmollmund schon irgendwie sexy aussah. Dessen war sie sich auch bewusst. Sie wirkte wie eine schärfere und lüsternere Variante meiner Freundin und es verstörte mich zutiefst, dass ich sie anziehend fand. Ich konnte nichts dagegen tun.

Plötzlich stand sie auf und ging zu einem Schrank neben dem Fernseher. Als sie die Klappe hinunterließ, erkannte ich eine Minibar darin: „Wenn du schon volljährig bist, brauchen wir uns nicht mit dem langweiligen Bier abgeben." Sie schenkte zwei Tumbler zur Hälfte mit Whisky voll und nahm die Flasche mit zum Couchtisch. Ich bedankte mich, als sie mir das Glas in die Hand gab.

In der gebückten Haltung blitzte ein roter Spitzen-BH hervor und sie wollte offensichtlich, dass ich ihn sah. Sie setzte sich nun in meine Nähe und prostete mir zu. Als die Gläser schwungvoll gegeneinander klirrten, wünschte ich mir, dass Larija genau jetzt wieder durch die Tür kommen würde. Doch nichts geschah.

Die goldgelbe Flüssigkeit schmeckte nicht schlecht, kratzte aber sehr in meinem Hals. Ich behielt das Glas weiter in meiner Hand und nippte in regelmäßigen Abständen. Melinda seufzte in ihr Glas hinein: „Was für ein Reinfall. Dabei hätte ich so dringend Sex gebraucht. Es ist viel zu lange her, dass ich vernünftig befriedigt wurde."

Meine Ohren glühten. Ich war es nicht gewöhnt, dass eine Frau in meiner Gegenwart so freizügig über ihre Bedürfnisse sprach. Sie trank ihren Whisky in einem Schluck aus und schenkte sich direkt nach: „Was ist mir dir? So ein junger Hengst wie du hat doch bestimmt genug Energie für zwei Frauen an einem Abend."
Wie bitte? Sollte das ihr ernst sein oder

wollte sie mich testen? Herausfinden, wie ich auf so ein Angebot reagieren würde.

Entrüstet stand ich auf: „Ich werde so tun, als hätte ich das nicht gehört. Vielleicht sollten sie besser nicht weiter trinken. Ich werde in Larijas Zimmer warten." Meine Getränke ließ ich zurück und stürmte davon. Als ich die Tür im Innern schloss, atmete ich erleichtert aus. So etwas war mich noch nicht passiert.

Okay, beim Ausgehen kam es schon mal vor, dass andere Mädels mit mir flirteten. Solange es dabei blieb, ging ich auch gerne mal darauf ein. Aber so etwas? Ich setzte mich auf die Bettkante und fuhr mir durch die dunklen Locken. Mein Blick fiel auf Larijas Schminkspiegel. Das zurückgeworfene Bild konnte sich durchaus sehen lassen. Geschwungene Augenbrauen über espressofarbenen Augen, von langen schwarzen Wimpern umrahmt. Eine kräftige Nase, hohe Wangenknochen, sinnliche Lippen und ein markantes Kinn.

Ich dachte an Larijas Gesicht und wie sehr es nach dem Sex glühte und strahlte. Ihr flacher Bauch hob und senkte sich sexy beim Atmen und ich mochte es, meine Hand darauf zu legen. Mit diesen Gedanken legte ich mich ins Bett und schloss die Augen.

Ich spürte, wie es in meiner Hose enger wurde und öffnete daher ein paar Knöpfe. Ich verlor mich in diesen sinnlichen Vorstellungen und fuhr erschrocken hoch, als ich plötzlich hörte, wie sich die Tür öffnete. Melinda trug nur noch die rote Spitzenunterwäsche, in den Händen hielt sie unsere frisch gefüllten Gläser. „Ich sehe, du hast schon ohne mich angefangen."

Ihre Dreistigkeit kannte anscheinend keine Grenzen, doch ich musste zugeben, dass sie ihre Figur perfekt in Szene setzte. Ohne weitere Hemmungen kam sie auf mich zu, drückte mir das Glas in die Hand und setzte sich zu mir. Ich konnte nirgends hin und war auch viel zu perplex, um richtig zu reagieren. Sie trank noch einen Schluck und ließ ihre Hand einfach so in meine offene Hose gleiten.

„Die Prügelgröße stimmt schon mal. Hoffentlich kannst du damit umgehen." Ich holte tief Luft, als sie meinen Kolben massierte. Machtlos schwoll er zur vollen Größe an. Melinda lächelte zufrieden, als sie ihn gänzlich freilegte. „Das geht doch nicht, Melinda", versuchte ich die Situation zu retten. Sie stellte ihr Glas ab und öffnete dann ihren BH. Ihre Brüste wippten verführerisch, die großen Brustwarzen glänzten hart aufgestellt. Sie nahm meine linke Hand und schob meine Finger in ihr Höschen. Sie stöhnte heiser, als ich ihre klitschnasse Klitoris berührte. Ich schluckte schwer. Als sich ihre Lippen um meinen großen Lustspender stülpten, vergaß ich alle guten Vorsätze.

Als sie sich löste, grinste sie frech: „Sind wir uns jetzt einig? Larija muss das nicht wissen." Sie legte sich in Position und spreizte wollüstig die Beine. Ohne zu zögern drang ich ihn sie ein und mit jedem weiteren Stoß genoss ich es mehr. Ich brauchte gar nicht lange, um sie zum Orgasmus zu bringen. Sie sagte mir genau, wie sie es haben wollte. Bei ihrem zweiten Höhepunkt kam ich selbst. Wer hätte gedacht, dass etwas Verbotenes so gut sein konnte? Ich nahm mir vor, einige der gerade erlernten Techniken auch bei Larija auszuprobieren. Man sagt ja bekanntlich: 'Der Apfel fällt nicht weit vom Stamm.'

Ich saß vor dem Fernseher mit einer zweiten Flasche Bier, als sie zurückkam. „Sorry, es hat doch etwas länger gedauert", sagte sie abgehetzt und gab mir einen Kuss auf den Mund, den ich bereitwillig erwiderte. „Ist nicht so schlimm. Deine Mutter ist übrigens schon zurück. Hatte etwas zu viel getrunken. Sie schläft jetzt."

Geschockt ließ sich Larija in einen der Sessel fallen: „Ich hoffe, sie hat sich wenigstens etwas benommen!" Ich lachte fröhlich: „Sie ist ziemlich speziell. Aber im Grunde fand ich sie ganz nett." Erleichtert zog sie ihre Jacke aus: „Solange sie dir nichts von ihren Geschlechtskrankheiten erzählt hat, die sie sich ständig zuzieht, ist alles in Ordnung."

Sonnenuntergang 2045

„Hättest Du vor dreißig Jahren gedacht, dass wir beide jetzt hier zusammen sitzen würden?" Elvin betrachtete die untergehende Sonne mit einem Blick voll Nostalgie und Wehmut. Vorbeigehende Spaziergänger trugen die unterschiedlichsten Wortfetzen an sie heran, während sich der leichte Wellengang ganz langsam zurückzog. „Nein, das hätte ich niemals für möglich gehalten." Ein Blick in die rehbraunen Augen genügte, um viele alte Erinnerungen wieder hervorzuholen.

„Ich weiß noch genau, wie ich dich kennenlernte. Du warst mit diesem komischen Typen liiert. Wie hieß der noch?" Er nahm ein wissendes Grinsen wahr: „Victor. Ja, das war keine gute Zeit." Die ersten Wattläufer lenkten ihn kurzweilig ab. Mit hoch gekrempelten Hosenbeinen stapften sie vorsichtig durch den gefilterten Schlamm. „Der hatte so viele Muskeln, dass für Gehirnzellen kein Platz mehr war. Und trotzdem warst du noch weitere sechs Monate mit diesem Idioten zusammen." Sie zuckten kurz zusammen, denn eine frische Brise zog über sie hinweg. Elvin griff die kuschelige Decke, die er bereitgelegt hatte. Damit würden sie vielleicht noch eine halbe Stunde sitzen bleiben können, denn wenn die Sonne erst ganz verschwunden war, würde es merklich abkühlen.

„Zum Glück hast du mich nach der Trennung bei dir aufgenommen. Es war eine angenehme Abwechslung, jemanden an der Seite zu haben, dem ich vertrauen konnte. Auch wenn das in der kleinen Wohnung nicht immer einfach mit dir war." Elvin verdrehte die Augen und erspähte immer mehr Menschen, die über den Deich kletterten und im Wattenmeer herumtollten.

„Weißt du noch, wie ich dir gestanden habe, dass ich mich in dich verliebt hatte?" Ein melodiöses Lachen erklang: „Allerdings! Ich habe ähnlich laut gelacht wie gerade und das Ganze als Scherz abgetan. Du warst sehr verletzt und hast drei Tage nicht mehr mit mir gesprochen." Ein paar Austernfischer ließ sich im Schlick nieder, um nach Pierwürmern zu suchen. Sie scharten mit den Krallen in den vertikalen Röhren neben den Fressstrichtern und stocherten solange mit ihren langen Schnäbeln, bis sie ein Stück der Würmer zu fassen bekamen.

„Ich erinnere mich an unseren ersten Kuss. Silvester 2014 um 0:00 Uhr genau. Wir waren bei gemeinsamen Freunden eingeladen und die einzigen Singles. Alle küssten sich zum Jahreswechsel, daher zuckten wir mit den Schultern und taten es ihnen gleich. Aber mit solch einer Wirkung hatten wir nicht gerechnet." Elvin rückte automatisch näher heran und beobachtete verträumt ein paar Kinder, die gemeinsam eine Burg bauten.

„Danach schwebten wir ein halbes Jahr auf Wolke sieben. Bis der Krieg ausbrach. Ich weiß noch genau, wie geschockt ich war, als ich im Radio von dem Attentat auf die Kanzlerin hörte. Dann ging alles so unglaublich schnell." Die Sonne war jetzt nur noch ein orangener Halbkreis am Boden des Firmaments. Die Dunkelheit legte sich lautlos um das Pärchen herum. Die ersten Wattbegeisterten marschierten zum Deich zurück.

„Die Dschihadisten wollten ein Exempel statuieren und entführten medienpräsente Menschen nach Afghanistan. Ich hatte schon fast die Hoffnung verloren, bis ich dich nach über drei Jahren wieder in die Arme schließen konnte. Du warst nur noch ein Schatten deiner selbst." Elvins volle Lippen begannen zu zittern, bei den düsteren Gedankenbildern aus dieser Zeit. Ihn fröstelte es und er zog die Decke dichter an sich heran.

„Nur deine Liebe und Zuneigung konnte mich retten und wieder genug Kraft geben, wieder am Leben teilzunehmen. Bis im Herbst 2021 die große Sturmflut kam und die ostfriesischen Inseln unter sich begrub. Weißt du noch?" Schwermütig blickte er in die Richtung, wo früher die Norderneyer Hotels in den Himmel ragten.

„Ja, das war ein schwerer Schlag für uns alle. Vaters Fischkutter ist dabei gesunken und Mutter ist fast verrückt geworden vor Trauer. Ohne dich hätten wir das niemals überstanden." Elvin spürte, wie sich seine Hand fest um die seines Partners klammerte.

„Dafür hast du dich ja mehr als genug revanchiert, als vor vier Jahren meine Nieren zu versagen drohten und du mir eine von deinen gespendet hast." Das Wasser kehrte langsam zurück und nur noch vereinzelte Gestalten bewegten sich um sie herum. Zurück blieb noch ein schmaler Streifen der Sonne, der weinen

Hauch von Licht spendete.

„Wir sollten gehen, bevor die Dunkelheit siegt. Noch haben wir die Kraft, wieder aufzustehen." Elvin faltete ordentlich die Decke zusammen. In intimer Umarmung blickte er wieder in die rehbraunen Augen und flüsterte: „Das war der perfekte Abschluss für unseren Jahrestag. Danke, Lukas."

Träume verblassen nicht

„Ich kann es kaum erwarten, Martina davon zu erzählen", dachte Nico Gerlitz, während er mühselig in seiner Tasche nach dem Haustürschlüssel suchte. Er hätte auch einfach klingeln können, aber aufgrund der Uhrzeit entschied er sich dagegen. Die beiden Kleinen müssten schon schlafen und er wollte sie mit dem Läuten nicht unnötig wecken.

Er überquerte fast lautlos die Türschwelle. Zufrieden stellte er fest, dass es ruhig und friedlich war. Von seiner Frau sah und hörte er nichts. Die innere Anspannung stieg, sodass er direkt das Wohnzimmer ansteuerte.

Martina schlummerte selig auf dem espressofarbenen Sofa. Der Fernseher schwieg, das Licht war gedämpft. Im Hintergrund dudelte eine klassische CD von Chopin. „Sie muss einen anstrengenden Tag gehabt haben", dachte Nico liebevoll. Er ließ sie vorerst noch schlafen und holte sich eine kleine Flasche Cola aus der Küche.

Als er zurück war, fischte er leise und vorsichtig die voll gedruckten Blätter aus seiner Jacke, faltete sie auseinander und legte sie behutsam auf den Couchtisch. Sein bester Freund Carsten hatte im Internet recherchiert und war dabei auf einen vielversprechenden Artikel der Zeitschrift „Science" gestoßen. Bei dem Gedanken an dessen Inhalt schlug sein Herz spontan schneller. Ein Funken Hoffnung.

Gleichzeitig machte er sich Sorgen, wie Martina darauf reagieren würde. Ohne ihre Zustimmung konnte er es nicht schaffen. Er war auf ihre Hilfe angewiesen. Doch er wollte sich diese Chance nicht entgehen lassen.

Seine Kehle wurde trocken. Der Durst trieb ihn dazu, die Flasche zu öffnen, doch durch die Bewegung war Druck entstanden, sodass beim Drehen des Deckels ein lautes Zischen entstand.

Sensibilisiert durch die beiden Kinder, litt Martina an sehr leichtem Schlaf. Unvermittelt wachte sie auf und drehte sich zu ihm um. „Du bist ja schon zurück. Ich habe dich gar nicht herein kommen hören", sagte sie noch ein wenig verschlafen.

„Ich wollte dich nicht wecken. Du sahst so friedlich aus." Er lächelte und prostete ihr zu. Sie verzog die Lippen, während er trank; die süße koffeinhaltige Limonade war ein Laster, dass sie ihm nicht austreiben konnte. „Wie war es bei der Kranken-gymnastik? Hat Carsten dich wieder so richtig ins Schwitzen gebracht?"

Nicos Augen strahlten: „Das linke Bein reagiert nach ausgiebiger Stimulation. Ich konnte am Barren sogar ein paar Sekunden stehen." Martina rückte näher an ihn heran und ergriff seine Hand: „Du gibst nicht auf. Jeder andere hätte sich in sein Schicksal gefügt." Sie blickte in seine tiefblauen Augen und entdeckte Unsicherheit.

„Was ist los?" Er löste seine Hand und zeigte auf die Papiere auf dem Tisch: „Eine Klinik in den Niederlanden startet in drei Monaten eine Studie zu einer neu entwickelten Operations-methode." Er zögerte einen Moment. Seine Frau strich sich eine blonde Strähne hinters Ohr und nahm nur sehr skeptisch den Artikel in die Hand. „Und sie suchen noch Teilnehmer."

Martina überflog den Text samt Illustrationen und er hatte das Gefühl, als könne er ihre aufkeimende Angst spüren. „Verstehe ich das richtig? Die spritzen dir embryonale

Stammzellen ins Rückenmark, damit diese deine kaputten Nerven reparieren?" Sie hatte den Kern des Ganzen ganz gut zusammengefasst. Allerdings schwang ein leichter Unglauben in ihrer Frage. „Hier steht, dass ein hohes Risiko besteht, dass sich daraus Krebszellen bilden. Warum willst du dir das antun?"
Der junge Mann hatte befürchtet, dass sie es nicht verstehen würde. Er fuhr mit dem Rollstuhl näher an sie heran: „Wenn es gut verläuft, kann ich Ende nächsten Jahres wieder laufen. Und Motorrad fahren."
Letzteres hätte er besser nicht gesagt. Abrupt stand sie auf und warf die Zettel auf den Tisch: „Darum geht es dir also! Du nimmst sogar in Kauf, an Krebs zu sterben, nur um wieder aufs Bike zu steigen." Sie holte kurz Luft und stemmte kampflustig die Hände in die Hüften:
„Dieses Höllending hat dich erst in diese Lage gebracht!" Er rollte ein Stück zurück:
„Das ist gar nicht wahr! Der Autofahrer hat mir die Vorfahrt genommen." Sie schnaubte vor Wut; ihre ungeschminkten Lippen bebten:
„Du bist zu schnell gefahren!" Er hatte das Gefühl, als säße er im falschen Film: „Weil

ich zu dir in die Klinik wollte, um die Geburt von Lena nicht zu verpassen. Hättest du auf mich gewartet, wäre ich im Auto mit dir gefahren. Aber als ich zu Hause ankam, warst du ja schon weg. Ich hatte also gar keine Wahl." Sie ging zwei Schritte auf ihn zu und beugte sich bedrohlich über ihn:

„Also bin ich jetzt Schuld, dass du im Rollstuhl sitzt?" Nico zog sich eingeschüchtert zurück und verließ das Wohnzimmer. Er ließ die Frage unbeantwortet im Raum stehen. Die Zettel ließ er auf dem Tisch zurück. Selbst im Schlafzimmer konnte er ihre Schluchzer hören. Er würde seinen Traum aber nicht kampflos aufgeben.

Nachwort

Diese Sammlung ist ein buntes Potpourri meiner Schreibarbeiten. Die meisten Texte sind für bestimmte Themen von Lesungen entstanden und ich bin sehr erfreut, diese gebündelt in einem Werk zu sehen.

'Im Bann des Jaguars' steht dabei im Vordergrund und macht den Anfang, weil es meine erste Blogstory war und mir damit eine größere Fan-Community erschlossen hat.

Obwohl das Cover auf den ersten Blick darauf schließen lässt, dreht es sich nicht in jeder Geschichte um schwule Männer, sondern um Männer generell.

Auch wenn Hormone und die lieben Triebe unseren Alltag steuern, sind wir Männer doch so viel mehr als die vielen Klischees, die uns auferlegt werden.

Ignoriert man unsere sexuelle Orientierung können wir gut, böse, sensibel, taktlos, ignorant und/oder empathisch sein, triefen vor Selbstvertrauen und versinken in Selbstzweifel - auch wenn es nach außen anders wirken mag, sind wir selten mit uns selbst

zufrieden und streben immer nach Höherem. Wir behalten diese Tatsache aber lieber für uns.
Ohne den Frauen einen Vorwurf machen zu wollen, kommen sie in diesem Buch nicht sonderlich gut weg. Sie mögen es mir verzeihen und akzeptieren hoffentlich den Fakt, dass sie hier ausnahmsweise mal nicht im Vordergrund stehen.

Das männliche Geschlecht hat seine ursprüngliche anthropologische Bedeutung noch nicht verlernt, denn sowohl Beschützer-Instinkt ist Thema meiner Stories als auch der Drang, die eigenen Gene weiterzugeben sowie als starker Charakter zu gelten.

Meine Protagonisten merken schnell, dass es nicht gut ist, alleine zu stehen und nicht nur der Dialog mit sich selbst von Bedeutung ist, sondern auch die Kommunikation mit anderen Beteiligten.

Auch ich lege viel Wert auf einen reichhaltige verbalen Austausch, sowohl mit meinen härtesten Kritikern (meinen Freunden und meiner Family) als auch mit anderen Autoren und natürlich mit den Lesern bzw. Zuhörern. Das Spannende bei Lesungen sind nämlich die direkten Reaktionen auf den Inhalt der Texte. Es ist einfach super, wenn an den richtigen Stellen gelacht wird oder an spannenden Stellen abwartend die Luft eingesogen wird. Dann weiß ich, dass ich meinen Job gut gemacht habe.

Folgende Texte in diesem Buch basieren auf wahren Begebenheiten:

→ **Das GayRomeo-Prinzip**

→ **Der Ghostwriter**

→ **Bewusst bewusstlos**

→ **Eine einfache Frage**

→ **Kein Zurück**

→ **Träume verblassen nicht**

Es ist manchmal erstaunlich, wie einfach es geworden ist, Themen für gute Geschichten zu finden. „Schreibe über das, was du kennst" ist zwar die oberste Kardinalsregel beim Schreiben, doch mit den heutigen Möglichkeiten der medialen Welt braucht man sich nicht mehr beschränken.

Was ich allein schon bei der Recherche für 'Im Bann des Jaguars' gelernt habe, ist auch im

Nachhinein noch überwältigend: Flora und Fauna der Insel, die Schönheit der Sprache Guaraní, Kampfkunst-Techniken - und dank dieser Geschichte entstand daraufhin 'Im Bann der Engel', die Mei Jings Vorgeschichte erklärt.

Wer Lust auf weitere Kurzgeschichten hat, kann gerne im Blog www.toshisworld.blogspot.com weiterlesen und sich informieren, was in nächster Zeit noch alles ansteht. Stay tuned...

Danken möchte ich an dieser Stelle all den Männern, die mich zu diesen Geschichten inspiriert haben bzw. denen, die meinen Charakteren den richtigen Schliff gegeben haben.
Mit Sicherheit werden noch viele weitere tolle Geschichten entstehen und wer weiß, vielleicht kommt ihr schon in der nächsten drin vor. ;-)

Torsten Ideus